全新！NEW GEPT 全民英檢
初級 寫作＆口說題庫解析

新制修訂版

際語言中心委員會、郭文興、許秀芬——著

全書MP3一次下載

9789864541621.zip

「iOS系統請升級至iOS 13後再行下載，
此為大型檔案，建議使用WIFI連線下載，以免占用流量，
並確認連線狀況，以利下載順暢。」

CONTENTS

目錄

NEW GEPT 全新全民英檢初級 寫作&口說題庫解析［新制修訂版］

何謂『全民英語能力分級檢定測驗』 4

第一回 11

寫作測驗 11
口說測驗 19
寫作測驗解析 22
口說測驗解析 42

第二回 59

寫作測驗 59
口說測驗 67
寫作測驗解析 70
口說測驗解析 92

第三回 109

寫作測驗 109
口說測驗 117
寫作測驗解析 120
口說測驗解析 136

第四回 151

寫作測驗 151
口説測驗 159
寫作測驗解析 162
口説測驗解析 175

第五回 189

寫作測驗 189
口説測驗 197
寫作測驗解析 200
口説測驗解析 215

第六回 229

寫作測驗 229
口説測驗 237
寫作測驗解析 240
口説測驗解析 256

PRELUDE

全民英語能力分級檢定測驗的問與答

財團法人語言訓練中心（LTTC）自 2000 年全民英檢（General English Proficiency Test, GEPT）推出至今，持續進行該測驗可信度及有效度的研究，以期使測驗品質最佳化。

因此，自 2021 年一月起，GEPT 調整部分初級、中級及中高級的聽讀測驗題數與題型內容，並提供成績回饋服務。另一方面，此次調整主要目的是要反映 108 年國民教育新課綱以「素養」及「學習導向評量（Learning Oriented Assessment）為中心的教育理念，希望可以透過適當的測驗內容與成績回饋，有效促進國人的英語溝通能力。而調整後的題型與內容將更貼近日常生活，且更能符合各階段英文學習的歷程。透過適當的測驗內容與回饋，使學生更有效率地學習與應用。

Q 2021 年起，初級測驗的聽力與閱讀（初試）在題數與題型上有何不同？

初級的聽力測驗維持不變，而閱讀測驗部分調整如下：

調整前	調整後
■ 第一部分 詞彙與結構 15 題	■ 第一部分 詞彙 10 題
■ 第二部分 段落填空 10 題	■ 第二部分 段落填空 8 題
■ 第一部分 閱讀理解 10 題	■ 第一部分 閱讀理解 12 題
共 35 題	共 30 題

調整重點：

1. 第一部分「詞彙和結構」，改為「詞彙」。
2. 第二部分「段落填空」增加選項為句子或子句類型。
3. 第三部分「閱讀理解」增加多文本、圖片類型。

Q 考生可申請單項合格證書

另外，證書核發也有新制，除了現在已經有的「聽讀證書」與「聽讀說寫證書」外，也可以申請口說或寫作的單項合格證書，方便考生證明自己的英語強項，更有利升學、求職。

Q 本項測驗在目的及性質方面有何特色？

整體而言，有四項特色：

（1）本測驗的對象包含在校學生及一般社會人士，測驗目的在評量一般英語能力（general English proficiency），命題不侷限於特定領域或教材；

（2）整套系統共分五級--初級（Elementary）、中級（Intermediate）、中高級(High-Intermediate）、高級（Advanced）、優級（Superior）一根據各階段英語學習者的特質及需求，分別設計題型及命題內容，考生可依能力選擇適當等級報考；

（3）各級測驗均重視聽、說、讀、寫四種能力的評量；

（4）本測驗係「標準參照測驗」（criterion-referenced test），每級訂有明確的能力指標，考生只要通過所報考級數即可取得該級的合格證書。

Q 本測驗既包含聽、說、讀、寫四項，各項測驗方式為何？

聽力及閱讀測驗採選擇題方式，口說及寫作測驗則採非選擇題方式，每級依能力指標設計題型。以中級為例，聽力部分含 35 題，作答時間約 30 分鐘；閱讀部分含 35 題，作答時間 45 分鐘；寫作部分含中翻英、引導寫作，作答時間 40 分鐘；口說測驗採錄音方式進行，作答時間約 15 分鐘。

Q 何謂 GEPT 聽診室 — 個人化成績服務？

「GEPT 聽診室」成績服務，提供考生個人化強弱項診斷回饋和實用的學習建議，更好的是，考生在收到成績單的一個月內即可自行上網免費閱覽下載，非常便利。其中的內容包括：

1. 能力指標的達成率—以圖示呈現您（考生）當次考試的能力表現
2. 強弱項解析與說明—以例題說明各項能力指標的具體意義。
3. 學習指引—下一階段的學習方法與策略建議。
4. 字彙與句型—統計考生該次考試表現中，統整尚未掌握的關鍵字彙與句型。

Q 口說及寫作測驗既採非選擇題方式，評分方式為何？

口說及寫作測驗的評分工作將由受過訓練的專業人士擔任，每位考生的表現都會經過至少兩人的評分。每級口說及寫作測驗均訂有評分指標，評分人員在確切掌握評分指標後，依據考生的整體表現評分。

Q 通過「全民英檢」合格標準者是否取得合格證書？又合格證書有何用途或效力？

是的，通過「全民英檢」合格標準者將頒給證書。以目前初步的規畫，全民英檢測驗之合格證明書能成為民眾求學或就業的重要依據，同時各級學校也可利用本測驗做為學習成果檢定及教學改進的參考。

Q 全民英檢測驗的分數如何計算？

初試各項成績採標準計分方式，60 分為平均數，每一標準差加減 20 分，滿分 120 分。初試兩項測驗成績總和達 160 分，且其中任一項成績不低於 72 分者，始可參加複試。如以傳統粗分計分概念來說，聽力測驗每題 2.67 分，閱讀測驗每題 3 分，各項得分為答對題數乘上每題分數，可以大概計算是否通過本項測驗。實際計分方式會視當次考生程度與試題難易作調整，因此每題分數及最高分與粗分計分方式略有差異。複試各項成績採整體式評分，使用級分制，分為 0～5 級分，再轉換成百分制。複試各項成績均達八十分以上，視為通過。

Q 這項測驗各級命題方向為何？考生應如何準備？

全民英檢在設計各級的命題方向時，均曾參考目前各級英語教育之課程大綱，同時也廣泛搜集相關教材進行內容分析，以求命題內容能符合國內各級英語教育的需求。同時，為了這項測驗的內容能反應本土的生活經驗與特色，因此命題內容力求生活化，並包含流行話題及時事。

由於這項測驗並未針對特定領域或教材命題，考生應無需特別準備。但因各級測驗均包含聽、說、讀、寫四部分，而目前國內英語教育仍偏重讀與寫，因此考生必須平日加強聽、說訓練，同時多接觸英語媒體（如報章雜誌、廣播、電視、電影等），以求在測驗時有較好的表現。

Q 「全民英檢」與美國的「托福測驗」(TOEFL)、英國的測驗（如FCE或IELTS）有何不同？

IELTS 的性質與 TOEFL 類似，對象均是擬赴英語系國家留學的留學生，內容均與校園生活與學習情境有關，因此並不一定適合國內各階段英語學習者。FCE 則是英國劍橋大學研發的英語檢定測驗中的一級，在內容方面未必符合國內英語教學目標及考生生活經驗。

其實近年來，日本及中國大陸均已研發自己的英語能力分級測驗，日本有STEP測驗，中國大陸則有PET及CET等測驗。由此可見，發展本土性的英語能力分級測驗實為時勢所趨。

Q 國中、高中學生若無國民身分證，如何報考？

國中生未請領身分證者，可使用印有相片之健保 IC 卡替代；高中生以上中華民國國民請使用國民身份證正面。外籍人士需備有效期限內之台灣居留證影本。

Q 初試與複試一定在同一考區嗎？

本中心原則上儘量安排在同一地區，但初試、複試借用的考區不盡相同，故複試的考場一律由本中心安排。

Q 請問合格證書的有效期限只有兩年嗎？

合格證書並無有效期限，而是成績紀錄保存兩年，意即兩年內的成績單，如因故遺失，可申請補發。成績單申請費用 100 元，證書 300 元，申請表格備索。

Q 複試是否在一天內結束？

不一定，視考生人數而定，確定的時間以複試准考証所載之測驗時間為準。

Q 報考全民英檢是否有年齡、學歷的限制？

除國小生外。本測驗適合台灣地區之英語學習者報考。

Q 合格之標準為何？

初試兩項測驗成績總和達 160 分，且其中任一項成績不低於 72 分者，複試成績除初級寫作為 70 分，其餘級數的寫作、口說測驗都 80 分以上才算通過，可獲核發合格證書。

Q 初試通過，複試未通過，下一次是否還需要再考一次初試？

初試通過者，可於二年內單獨報考複試未通過項目。

★關於「全民英語能力分級檢定測驗」之內容及相關問題請洽：

財團法人語言訓練測驗中心

中心地址：106台北市辛亥路二段170號（台灣大學校總區內）

郵政信箱：台北郵政第 23-41號信箱

電話：(02)2362-6385~7

傳真：(02)2367-1944

辦公日：週一至週五(週六、日及政府機構放假日不上班)

辦公時間：上午八點至十二點、下午一點至五點

全民英語能力分級檢定測驗

初級寫作能力測驗

第一回　寫作能力測驗答題注意事項

1. 本測驗共有兩部分。第一部分為單句寫作，第二部分為段落寫作。測驗時間為 40 分鐘。

2. 請利用試題紙空白處擬稿，但正答務必書寫在「寫作能力測驗答案紙」上。在答案紙以外的地方作答，不予計分。

3. 第一部分單句寫作請自答案紙第一頁開始作答，第二部分段落寫作請在答案紙第二頁作答。

4. 作答請勿隔行書寫，請注意字跡應清晰可讀，並保持答案紙之清潔，以免影響評分。

5. 未獲監試人員指示前，請勿翻閱試題紙。

6. 測驗時，不得在准考證或其他物品上抄題，亦不得有傳遞、夾帶小抄、左顧右盼或交談等違規行為。

7. 意圖或已經將試題紙攜出試場者，五年內不得報名參加本測驗。請人代考者，連同代考者，三年內不得報名參加本測驗。

8. 測驗結束時，須立即停止作答，在原位靜候監試人員收回全部試題紙及答案紙，清點無誤後，宣佈結束始可離場。

9. 應試者入場、出場及測驗中如有違反上列規則或不服監試人員之指示者，監試人員得取消其應試資格並請其離場，且作答不予計分。

第一部分：單句寫作（50%）

請將案寫在答案紙上對應的題號旁，如有文法、用字、拼字、標點符號、大小寫等之錯誤，將予扣分。

第 1～5 題：句子改寫

請依題目之提示，將原句依指定形式改寫，並將改寫的句子**完整**地寫在答案紙上。***注意：每題均需寫出完整的句子，否則將予扣分。***

例：第一句：The book is pink.
　　第二句：It ______________.
　　在答案紙上寫：***It is pink***.

1. My classmates chose me as the class leader.
   I ____.

2. The problem has existed in Britain for ten years.
   How ____?

3. Although the elders of the town live alone, they are satisfied with their lives.
   The elders of the town live ______________________________.

4. The boy is the naughtiest student in his school.
   The boy is ______________ students in his school.（使用 than）

5. Is she afraid to travel alone?
   I'm not sure ______________________________________.

第 6～10 題：句子合併

請依題目之提示，將兩句合併成一句，並將合併的句子**完整**地寫在答案紙上。***注意：每題均需寫出完整的句子，否則將予扣分。***

例：Mary has a cell phone.
The cell phone is red.
題目：Mary ________________ phone.
在答案紙上寫：***Mary has a red cell phone***.

6. I chatted online with my girlfriend.
It took me two hours.
I spent ____.

7. I usually take my cell phone with me.
I didn't take it yesterday.
I usually ______________, but I forgot ________________ it yesterday.

8. I should complete the report soon.
It is important.
It is important for ______________________________________.

9. I posted photos on Instagram nine months ago.
I am still posting photos on Instagram now.
I have ______________________ for ___________________________.

10. The online game is so popular.
Every player wants to play.
It is such ____.

第 11～15 題：重組

請將題目中所有提示的字詞整合成一有意義的句子，並將重組的句子完整地寫在答案紙上。***注意：每題均需寫出完整的句子。答案中必須使用所有提示的字詞，且不能隨意增減字詞及標點符號，否則不予計分。***

例：題目：They ________________ .
Jack / me / call
在答案紙上寫：***They call me Jack.***

11. Would you mind ____?
channel / changing / the / my

12. There ____ gray hair.
who / man / a / has / is

13. We ____.
until / the project / didn't / is finished / go home

14. It is necessary to ____.
leave / turn off / you / before / the room / the light

15. Let ____.
favor / me / a / do you

第二部分：段落寫作（50%）

題目：上個星期三的晚上，Tom 睡覺睡到一半時，突然發生強烈地震，接下來發生了什麼事呢？請根據以下的圖片寫一篇約 50 字的短文。***注意：未依提示作答者，將予扣分***

全民英語能力分級檢定測驗

初級寫作能力測驗答案紙

第一部分（請依題目序號作答，並寫出完整的句子）

1. ______________________________ 1

____

2. ______________________________ 2

____

3. ______________________________ 3

____

4. ______________________________ 4

____

5. ______________________________ 5

____

6. ______________________________ 6

____

7. ______________________________ 7

____

8. ______________________________ 8

____

9. ______________________________ 9

____

10. ______________________________ 10

____

第 1 頁

請翻至第 2 頁繼續作答

11. 11

12. 12

13. 13

14. 14

15. 15

第二部分（請由此開始作答，勿隔行書寫。）

5

10

寫作能力測驗級分說明

第一部分：單句寫作級分說明

級分	說　明
2	正確無誤。
1	有誤，但重點結構正確。
0	錯誤過多、未答、等同未答。

第二部分：段落寫作級分說明

級分	說　明
5	正確表達題目之要求；文法、用字等幾乎無誤。
4	大致正確表達題目之要求；文法、用字等有誤，但不影響讀者之理解。
3	大致回答題目之要求，但未能完全達意；文法、用字等有誤，稍影響讀者之理解。
2	部分回答題目之要求，表達上有令人不解/誤解之處；文法、用字等皆有誤，讀者須耐心解讀。
1	僅回答 1 個問題或重點；文法、用字等錯誤過多，嚴重影響讀者之理解。
0	未答、等同未答。

各部分題型之題數、級分及總分計算公式

<table>
<tr><th>分項測驗</th><th>測驗題型</th><th>各部分題數</th><th>每題級分</th><th>佔總分比重</th></tr>
<tr><td rowspan="3">第一部分：
單句寫作</td><td>A.句子改寫</td><td>5 題</td><td>2 分</td><td rowspan="3">50%</td></tr>
<tr><td>B.句子合併</td><td>5 題</td><td>2 分</td></tr>
<tr><td>C.重組</td><td>5 題</td><td>2 分</td></tr>
<tr><td>第二部分：
段落寫作</td><td>看圖寫作</td><td>1 篇</td><td>5 分</td><td>50%</td></tr>
<tr><td>總分計算公式</td><td colspan="4">公式：{(第一部分得分/30)＋(第二部分得分/5)}×50
例：　第一部分得分　A－8 分　B－10 分　C－8 分
8+10+8=26
三項加總第一部分得分　－　26 分
第二部分得分　－　4 分
依公式計算如下：
{(26/30)+(4/5)}×50=83 該考生得分 83 分</td></tr>
</table>

第一回　口說能力測驗答題注意事項

1. 本測驗問題由耳機播放，回答則經麥克風錄下。分複誦、朗讀句子與短文、回答問題三部分，時間共約十分鐘，連同口試說明時間共需約五十分鐘。

2. 第一部分複誦的題目播出兩次，聽完兩次後，立即複誦一次。第二部分朗讀句子與短文有一分鐘準備時間，請勿唸出聲音，待聽到「請開始朗讀」，再將句子與短文唸出來。第三部分回答問題的題目播出兩次，聽完第二次題目後請在作答時間內盡量的表達。

3. 錄音設備皆已事先完成設定，請勿觸動任何機件，以免影響錄音。測驗時請戴妥耳機，將麥克風調到嘴邊約三公分處，聽清楚說明，依指示以適中音量回答。

4. 請注意測驗時不可在答案紙上畫線、打“✓”或作任何記號；不可在准考證或其他物品上抄題；亦不可有傳遞、夾帶小抄、左顧右盼或交談等違規行為。

5. 意圖或已將試題紙或試題影音資料攜出或傳送出試場者，視同侵犯本中心著作財產權，限五年內不得報名參加「全民英檢」測驗。請人代考，連同代考者，三年內不得報名參加本測驗。

6. 測驗結束時，須立即停止作答，在原位靜候監試人員收回全部試題紙並清點無誤後，等候監試人員宣布結束後始可離場。

7. 入場、出場及測驗中如有違反上列規則或不服監試人員之指示者，監試人員將取消您的應試資格並請您離場，且測驗成績不予計分，亦不退費。

全民英語能力分級檢定測驗

初級口說能力測驗

TEST01.mp3

請在 15 秒內完成並唸出下列自我介紹的句子：

My seat number is（複試座位號碼）, and my test number is（初試准考證號碼）.

第一部分：複誦

共五題。題目不印在試卷上，由耳機播出，每題播出兩次，兩次之間大約有一至二秒的間隔。聽完兩次後，請馬上複誦一次。

第二部分：朗讀句子與短文

共有五個句子及一篇短文，請先利用一分鐘的時間閱讀試卷上的句子與短文，然後在一分鐘內以正常的速度，清楚正確的朗讀一遍。閱讀時請不要發出聲音。

One: Let's get it done by the afternoon.

Two: She lives on this island, not that one.

Three: I prefer to travel in the desert and enjoy the special sight.

Four: This kind of product is only developed in the factory.

Five: What an amazing childhood!

Six: Diana was a picky girl. She threw out all the things she didn't like to eat. One day, she spotted an old man eating food that was thrown away by a restaurant. She looked at him, but she couldn't believe her eyes. After that, she kept thinking about the man. Such an experience influenced her life. She never wasted any food.

第三部分：回答問題

共七題。題目不印在試卷上，由耳機播出，每題播出兩次，兩次之間大約有一至二秒的間隔。聽完兩次後，請馬上回答，每題回答時間為 15 秒，回答時不一定要用完整的句子，但請在作答時間內儘量的表達。

請將下列自我介紹的句子再唸一遍：

My seat number is（複試座位號碼）, and my test number is（初試准考證號碼）.

口說能力測驗級分說明

評分項目（一）：發音、語調和流利度（就第一、二、三部分之整體表現評分）

級分	說　明
5	發音、語調正確、自然，表達流利，無礙溝通。
4	發音、語調大致正確、自然，雖然有錯但不妨礙聽者的了解。表達尚稱流利，無礙溝通。
3	發音、語調時有錯誤，但仍可理解。說話速度較慢，時有停頓，但仍可溝通。
2	發音、語調常有錯誤，影響聽者的理解。說話速度慢，時常停頓，影響表達。
1	發音、語調錯誤甚多，不當停頓甚多，聽者難以理解。
0	未答或等同未答。

評分項目（二）：文法、字彙之正確性和適切性（就第三部分之表現評分）

級分	說　明
5	表達內容符合題目要求，能大致掌握基本語法及字彙。
4	表達內容大致符合題目要求，基本語法及字彙大致正確，但尚未能自在運用。
3	表達內容多不可解，語法常有錯誤，且字彙有限，因而阻礙表達。
2	表達內容難解，語法錯誤多，語句多呈片段，不當停頓甚多，字彙不足，表達費力。
1	幾乎無句型語法可言，字彙嚴重不足，難以表達。
0	未答或等同未答。

發音、語調和流利度部分根據第一、二、三部分之整體表現評分，文法、字彙則僅根據第三部分之表現評分，兩項仍分別給 0~5 級分，各佔 50%。

計分說明

某考生各項得分如下面表格所示：

評分項目	評分部分	得分
發音、語調、流利度	第一、二、三部分	4
文法、字彙之正確性和適切性	第三部分	3

百分制總分之計算：(4＋3)×10 分＝70 分

第1回 複試 寫作測驗 解析

第一部分 單句寫作 （50%）

請將答案寫在答案紙上對應的題號旁，如有文法、用字、拼字、標點符號、大小寫等之錯誤，將予扣分。

第 1～5 題：句子改寫

這裡的受詞，在第二句變成主詞

1. My classmates chose me as the class leader.

我的同學選我作為班長。

I ______________________________.

正解 I was chosen as the class leader by my classmates.

我被同學們選為班長。

解析

1. 這題考的重點是要改寫為**被動語態**。
2. 被動語態的基本句型為 be 動詞＋過去分詞。

時態	主動	被動
現在簡單式	V 原	am/is/are + p.p.
過去簡單式	V -ed（或不規則變化）	was/were + p.p.
未來簡單式	will + V 原	will be + p.p.
現在進行式	am/is/are + V -ing	am/is/are + being + p.p.
過去進行式	was/were + V -ing	was/were + being + p.p.
現在完成式	have/has + p.p.	have/has + been + p.p.
過去完成式	had + p.p.	had + bccn ı p.p.

3. 主動態的句子改寫為被動語態（即題目第二句）時，要記得主詞是原句（即題目第一句）動詞後的受詞，亦即動作承受者。接著加上被動語態的基本句型「be 動詞＋過去分詞」時，要注意改寫後的 be 動詞的時

態，應與原句的時態相同，而 be 動詞的單複數，則要與被動語態的主詞一致。最後再加上「by＋原句的主詞」即可。

4. 第一句 My classmates chose me as the class leader. 為主動語態，要改寫為以主詞 I 的被動態句子，就要把第一句的 me 改寫為主詞，因為 me 為動作承受者。
5. 第一句的動詞 chose 是過去式，改為被動態時，be 動詞也要是過去式。因主詞改為 I，故 be 動詞為 was。動詞 choose 三態為 choose-chose-chosen，故改寫後為 I was chosen，接著再接上 as the class leader，最後再加上 by 和原句的主詞 my classmates。

2. The problem has existed in Britain for ten years.

這個問題在英國已存在十年了。

How ______________________________?

How **long has the problem existed in Britain**?

這個問題在英國已經存在多久了？

解析

1. 這題考的重點是要改寫為以疑問詞 Wh-/How 為句首的疑問句。
2. 要注意，以 How 為句首的常見疑問詞組，有 how long、how often、how far、how many/much 等等。

疑問詞組	用法	回答
How long...	針對時間長度（多久）或物體長度（多長）	回答時間時，多為一段時間，如 for an hour
How often...	也是針對時間的問，主要是問頻率，即「多常」「多久一次」，	回答時間時，多為次數或時間的頻率副詞，如 always、sometimes等
How far...	針對距離或程度的問句，可以是實際的兩地距離，或抽象事情程度範圍	回答距離時，可以是實際距離，如 meter，或是所耗時間，如 ten minutes' walk.。回答程度時多為不可數的數量詞，如 much, little。

How many... How much...	針對數量的問，表示「多少」。若為可數名詞則以 How many 問，若為不可數名詞則以 How much 問。How much 也有「多少錢」的意思	回答數量時，可數多為基數，如 two boxes；不可數多為基數＋量詞，如 two bottles of juice

3. 要改為疑問句時，若直述句中的動詞為 be 動詞，則可直接將 be 動詞放在 Wh-/How 後面；若為一般動詞，則需依時態在 Wh-/How 後面加助動詞，並將直述句中的動詞改為原形動詞。若為助動詞，則只需將助動詞放在 Wh-/How 後面。第一句 The problem has existed in Britain for ten years. 是現在完成式，have/has 為助動詞，只需將 have/has 移到 Wh-/How 後面即可。

3. Although the elders of the town live alone, they are satisfied with their lives.

雖然鎮上的年長者獨自生活，但他們對自己的生活感到滿意。

The elders of the town live ______________________.

The elders of the town live **alone, but they are satisfied with their lives**.

鎮上的年長者獨自過活，但是他們對自己的生活感到滿意。

解析

1. 這題考的重點是副詞子句中的連接詞用法。
2. 連接詞，顧名思義是做連接詞用，亦即將兩個子句連接在一起。though 當做連接詞時，表示「雖然、儘管」，這時也可以用 although 替換。要特別注意的是，在一個句子中，連接詞 though/although 不能和 but 一起使用。亦即兩個子句只能用一個連接詞連接起來。同樣規則的還有 because 和 so，也是不能同時使用。例如：Because he stayed up late, he missed his flight. 可以改寫為 He stayed up late, so he missed his flight.。
3. 本題還同時考另一個重要文法概念，and, but, or, nor, so 是為對等連接詞，用來連接兩個對等的單字或子句。要特別注意的是，對等連接詞用來連接兩個子句時，不但不可以放在句首，同時第一個子句後面要接逗號，才會以對等連接詞與第二個子句相連。例如：I use my cellphone, and she reads her book.。

4. 故本題 Although the elders of the town live alone, they are satisfied with their lives. 改寫時刪除 Although，但兩個子句需要有連接詞連接，依其句意，需使用對等連接詞 but，也因此 The elders of the town live alone 後要先接逗號，才能以 but 連接第二句 they are satisfied with their lives.。

4. The boy is the naughtiest student in his school.
這位男孩在他的學校是最頑皮的學生。

The boy is ______________________ students in his school.

正解 The boy is **naughtier than all the other** students in his school.
這位男孩比他學校裡所有的其他學生都還要調皮。

解析

1. 這一題主要考的重點是：比較級和最高級的轉換。
2. 形容詞和副詞都有比較級和最高級的變化。其變化分為規則變化和不規則變化，而規則變化分有數種。

原級		比較級和最高級的變化規則	範例
單音節	一般單音節	原級字尾 +er/est	strong-stronger-strongest 強壯的、強大的
	短母音 + 子音	原級字尾重複 +er/est	sad-sadder-saddest 悲傷的
單／雙音節	字尾為 e	原級字尾 e +r/st	cute-cuter-cutest 可愛的
	字尾為 y	原級字尾去掉 y +ier/iest	busy-busier-busiest 忙碌的
雙音節以上（不含字尾 e 和 y）		more/most +原級	beautiful more beautiful most beautiful 美麗的

常見的不規則變化

原級	比較級	最高級	原級	比較級	最高級
good (adj.) well (adv.)	better	best	many much	more	most
bad (adj.) badly (adv.)	worse	worst	little	less	least
late	later 較遲的 latter 後者	latest 最新的 last 最後的	far	farther （距離） 較遠的 further （程度） 更進一步的	farthest （距離） 最遠的 furthest （程度） 最大程度的

3. 原句是描述男孩在全校之中的狀況，故使用最高級。而從改寫的句子中可以發現 students 為複數，亦即是和校內其他的所有學生比較，故使用比較級。特別要注意的是，由於男孩本身也是就讀於該所學校，故比較級需要排除男孩自己。因此使用的是 all the other。故答句為 The boy is naughtier than all the other students in his school.。比較級的另一個寫法是和各個學生的比較：The boy is naughtier than any other student in his school.（與任一何其他學生，同樣排除男孩自己）。此外，也可以將整句改為 No other student in the school is naughtier than the boy.。

5. Is she afraid to travel alone?

她害怕獨自旅行嗎？

I'm not sure ______________________________.

正解 I'm not sure **whether/if she is afraid to travel alone**.

我不確定她是否害怕獨自旅行。

解析

1. 這一題主要考的重點是：名詞子句的用法。英文文法的基本規則是，一個句子裡只會有一個主要動詞，故名詞子句（以 that 或 if 連接的子句）不能直接和其他句子連接在一起。
2. 名詞子句若是由 wh- 或 how 問句轉換，則可用這些疑問詞作為連接詞。

但若句子沒有這些疑問詞，就需要有連接詞 that, if, whether 來引導。不過，that 並無意義，純粹是做連接詞用；而 if/whether 表示「是否」。因為本題 Is she afraid to travel alone? 是 yes/no 問句，也就是問「是否」，故需以 if/whether 引導出名詞子句。

3. 所有的子句和句子一樣，其實就是一個大句子中的小句子，一樣需要有句子的基本條件─主詞和動詞。而英文文法的另一個基本規則是，所有的從屬子句的基本句構都是直述句，亦即主詞＋動詞。因此本題第一句的問句在連接詞之後需改寫為直述句，亦即調整主詞和動詞的位置。

Yes/No問句	改寫為直述句
be 動詞為句首 例句：Is she afraid to travel alone? （她害怕獨自旅行嗎？）	將 be 動詞放在主詞之後 → She is afraid to travel alone. （她害怕獨自旅行。）
Do/Does/Did 助動詞為句首 例句：Does she like to travel alone? （她喜歡獨自旅行嗎？）	將動詞改如助動詞的時態，並刪掉助動詞 → She likes to travel alone. （她喜歡獨自旅行。）
其他助動詞為句首 例句：Will she travel alone? （她將獨自旅行嗎？）	將助動詞放在主詞之後 → She will travel alone. （她將獨自旅行。）

第 6～10 題：句子合併

6. I chatted online with my girlfriend.

我和我女友在網路上聊天。

It took me two hours.

這件事花了我兩個小時。

I spent ______________________________.

正解 I spent **two hours chatting online with my girlfriend**.

我花了兩個小時與我女友在網路上聊天。

解析

1. 這一題主要是考 spend 的用法。

2. 英文特殊動詞中 spend, pay, cost, take 雖然都是「花費（金錢／時間）」，但是使用方法有明確的規範，不能隨意使用。spend 表示「花費（金錢／時間）」，pay 則是「付錢」，這兩個字的主詞是人。cost 表示「價格為」，故其主詞為事物。take 這個字，雖然使用很廣泛，但用在「花費」時，只限於「花費時間」，主詞可以是人，也可以是事物。

主詞	花費金錢句型	花費時間句型
人	人＋**spend**＋金錢＋**on**＋事物 = 人＋**pay**＋金錢＋**for**＋事物 I **spent** two thousand dollars on the phone case. = I **paid** two thousand dollars for the phone case. （我花了兩千元買了手機殼。）	人＋**spend**＋時間＋**V-ing** = 人＋**take**＋時間＋**to** + **V**原 I **spent** two hours surfing the Internet. = I **took** two hours to surf the Internet. （我花了兩個小時上網。）
事物	事物＋**cost**＋人＋金錢 The phone case cost me two thousand dollars. （這個手機殼花了我兩千元。）	事物＋**take**＋人＋時間 =虛主詞 It + takes＋人＋時間＋to + V 原 Surfing the Internet took me two hours. = It took me two hours to surf the Internet. （上網花了我兩個小時。）

3. spend, pay, cost, take 在這種句型中常以過去式出現，而這四個字的三態均為不規則變化，考生應牢記。

原形	過去式	過去分詞	原形	過去式	過去分詞
spend	spent	spent	**pay**	paid	paid
cost	cost	cost	**take**	took	taken

4. 依題目指示需以 I spent 為主詞，來和動詞合併為一句。由兩句內容可知是花時間，故以基本句型「人＋spend＋時間＋V-ing（做…事）」將兩

句合併。首先要將第一句 I chatted online with my girlfriend 的動詞改為動名詞 V-ing，要注意其動詞原形為 chat，但因為是短母音＋子音，後面在加 -ing 或 -ed 時需重複字尾，改寫後為 chatting online with my girlfriend。

補充說明

waste（浪費）的用法，也和 spend 相同，基本句型「人＋waste＋金錢＋on＋事物」和「人＋waste＋時間＋V-ing（做…事）」。

I wasted too much time texting. 我浪費了太多時間發訊息。

I waste so much time on social media. 我平常浪費很多時間在社交媒體上。

7. I usually take my cell phone with me.

我通常會隨身攜帶手機。

I didn't take it yesterday.

我昨天沒帶。

I usually __________, but I forgot ____________ it yesterday.

I usually **take my cell phone with me**, but I forgot **to take** it yesterday.

我通常會隨身帶手機，但昨天忘了帶。

解析

1. 這一題主要考的重點是 forget 用法。
2. 英文的特殊動詞中，stop, forget, remember, regret 後面接不定詞時或接動名詞時，其意思並不相同，因此不能隨意使用。這些字接不定詞時，是針對尚未發生的事情；而接動名詞時，是針對已經發生的事情。

英文	字義	接不定詞（to +V）	接動名詞（V-ing）
stop	停止	停止原來的動作，接著去做某事 例句：Because I am hungry, I stop to eat fast food. （因為餓了，我停下手邊做的事，然後去吃速食。）	停止做某事 例句：I stop eating fast food because it is not good for my health. （我停止吃速食，因為它對我的健康不好。）
forget	忘記	忘記要去做某事 例句：I forgot to charge my cell phone, so it died. （我忘了要給手機充電，所以手機沒電了。）	忘記已經做過某事 例句：I forgot charging my cell phone, so I don't really need a power bank. （我忘了我其實已經給手機充過電了，所以我實在不需要行動電源。）
remember	記得	記得要去做某事 例句：I remember to charge my cell phone before it dies. （我記得要在手機沒電之前，去給手機充電。）	記得已經做過某事 例句：I remember charging my cell phone, but it is dying now. （我記得我手機有充過電，但現在卻快要沒電了。）
regret	遺憾，後悔	遺憾要去做某事 例句：She regretted to tell me that I was laid off. Now I must find a new job. （她遺憾地告訴我，我被解雇了。現在我必須找一份新工作。）	後悔已經做過某事 例句：She regretted staying up late when she missed her school bus. （當她錯過搭上校車時，她很後悔熬夜。）

3. 依題目指示需以 I usually..., but I forgot... 將兩句合併為一句。由題目第二句內容可知昨天沒有帶手機，故 forgot 需接不定詞（to +V）以合併兩句。

補充說明

還有兩個常見的特殊動詞 need, try，當其後面要接不定詞或動名詞時，意思也是不同的。

英文	字義	接不定詞（to +V）	接動名詞（V-ing）
need	需要	需要去做某事 例句：My father needs to repair his truck. （我父親需要修理他的卡車。）	表被動，意思為某事需要被做 例句：My father's truck needs repairing. （我父親的卡車需要修理。）
try	嘗試	努力並設法去做某事 例句：I tried to learn German though it was too difficult to learn. （我曾努力學德語，雖然德語太難學了。）	試做某事 例句：I tried learning German once, but I gave up. （我曾嘗試要學德語，但我放棄了。）

8. I should complete the report soon.

我應該要盡快完成這份報告。

It is important. **這很重要。**

It is important for ______________________________.

It is important for **me to complete the report soon**.

對我來說，盡快完成這份報告很重要。

解析

1. 這一題主要是考：虛主詞 it 的用法。
2. 在英文的句子中，經常可以看到由虛主詞 it 作為主詞的句型。由於原來的主詞太長了，為了要使句子變得明白易懂，所以將原來的主詞，即以不定詞（to＋原形動詞）或由 that 引導的名詞子句，改用 It 來當作主詞。這一類的句型通常是 It＋be 動詞＋形容詞＋（介系詞＋人或事物）＋不定詞／由 that 引導的名詞子句。故要了解句意時，需先讀不定詞或由 that 引導的名詞子句。而「介系詞＋人或事物」部分是用來說明「對某人或事物而言」，故這裡的介系詞通常為 for，但如果這裡的某人或事物是以代名詞呈現時，需為受格。

原句型	由虛主詞 it 作為主詞的句型	句意
Watching action movies is really exciting for me.	**It** is really exciting for me **to watch action movies**.	對我來說，看動作片真的很令人興奮。
That the action movie is now on Netflix is really exciting for me.	**It** is really exciting for me **that the action movie is now on Netflix**.	對我來說，這部動作片現在在 Netflix 上播放這件事，真的很令人興奮。

3. 依題目指示需以 It is important for 為句首，合併為一句。由題目的第二句內容可知 It 所指的是 complete the report soon，而第一句的 I should 可知這件事是對我而言。故合併句子時，先將 I should... 改為 for me，再以不定詞 to 連接 complete the report soon。

9. I posted photos on Instagram nine months ago.

我九個月前在 Instagram 上發布照片。

I am still posting photos on Instagram now.

我現在也還是在 Instagram 上發布照片。

I have ________________ for ________________.

正解 I have **posted photos on Instagram** for **nine months**.

或 I have **been posting photos on Instagram** for **nine months**.

我已經在 Instagram 上發布照片 9 個月了。

解析

1. 這一題主要是考：現在完成式／現在完成進行式句型。
2. 現在完成式主要在強調，從過去到現在已持續了一段時間的行為或事件，其基本句型是 have/has＋過去分詞。現在完成進行式則是強調行為或事件還會持續進行，主要基本句型是 have/has＋been＋現在分詞。要特別注意的是，句子後所接的時間通常以介系詞 since 或 for 連接。since 用來表示從過去的某一個時間點開始到現在，其寫法有兩種，一種是 since＋開始時間，如 since last Friday，另一種是 since＋S＋V-ed，如 since I was five years old。for 表示所經過的一段時間，如：for two years。

3. 依題目指示需以 I have ________ for ________.合併為一句，即以現在完成式合併句子：I have posted photos on Instagram for nine months；亦可以現在完成進行式合併句子：I have been posting photos on Instagram for nine months.。

10. The online game is so popular.

這款線上遊戲很受歡迎。

Every player wants to play. **每位玩家都想玩。**

It is such ____.

正解 It is such **a popular online game that every player wants to play**.

這是一款如此受歡迎的線上遊戲，以至每位玩家都想玩。

解析

1. 這一題主要考的重點是：such... that... 用法。
2. 在初級英檢的句型中，經常可以看到 so... that... 或 such... that... 的用法。這兩個句型都是用來表示「如此的…以至於…」。that 後面要接子句，而要使用 so 或 such 時，後面要接什麼，得根據單字的詞性來決定。so 因為是副詞，主要修飾形容詞或副詞，故後面接的單字為形容詞或副詞；such 為形容詞，修飾名詞，故其後單字為名詞。不過要特別注意的是，such 的用法與一般形容詞不同，若為單數名詞時，such 和名詞之間要加上 a/an。
3. 依題目指示需以 It is such ________. 合併為一個句子。由題目的第一句內容可知，It 代稱 a popular online game 這完整的名詞片語，此名詞片語放在 is such 之後。接著使用關係代名詞 that 來接第二句 every... play。這一句若要以 so... that... 來合併，則是 The online game is so popular that every player wants to play.

第 11～15 題：重組

11. Would you mind ____________________________?

channel / changing / the / my

正解 Would you mind **my changing the channel**?

你介意我轉台嗎？

解析

1. 這一題主要考的重點是：Would you mind... 用法。
2. 這個句型主要是請對方允許某件事或行為，句首用 would 是為委婉的語氣。動詞 mind 後面需接動名詞（V-ing）。重組句子時先將「動名詞詞組」組合起來，即 changing the channel。而這行為是由「我」所做的，所以在動名詞 V-ing 前放所有格 my。
3. Would you mind (V-ing) 也可以改為 Do you mind...，但語氣較直接。Would/Do you mind...句型也可以接名詞子句，而其連接詞為 if。如 Would/Do you mind my turning the music down? = Would/Do you mind if I turn the music down?，意思都是「你介意我將音樂轉小聲嗎？」，意思同 Can I turn the music down?。

12. There ____________________________ gray hair.

who / man / a / has / is

正解 There **is a man who has** gray hair.

有一位白髮的男子。

解析

1. 這一題主要考的重點是：There is/are 用法。
2. 一看到句首 There，就應知道後面需接 be 動詞。接下來是名詞，而單數名詞前需要有冠詞，故為 a man。接著是以關係代名詞 who 引導後面的形容詞子句 who has gray hair。
3. There is/are 表示 有…」，真的主詞其實是在 be 動詞後面，因此 be 動詞的單複數變化是由後面的主詞來決定。此外，最常看到的句型變化還有 There is/are＋名詞＋V-ing（表主動）/p.p.（表被動）。如：There are some people waiting for the MRT.（有一些人在等捷運）。由於人等捷運的動作是主動的行為，所以用 V-ing 呈現。There were some people hit by

the train.（有一些人被火車撞了）。人被火車撞的這個動作，是被動的動作，所以用過去分詞 p.p. 呈現（hit 的三態同形）。

13. We ______________________________.

until / the project / didn't / is finished / go home

正解 We **didn't go home until the project is finished**.

我們直到案子完成才回家。

解析

1. 這一題主要考的重點是：連接詞 until 用法。
2. until 表示「直到…為止」，也就是持續做某件事情直到某個時間點為止。經常與 not 合用，即 not... until，表示「直到…才…」，言下之意是指某件事情或動作是直到「某個時間點或某事件發生」才開始。本題一看到重組的詞組中有 until 和 didn't 就要知道，本句句型為 not... until。句首為 We，故後面接助動詞 didn't，而助動詞後只能接原形動詞，故為 go home。接著是以連接詞 until 連接要發生的事件，亦即 the project is finished。
3. 要特別注意的是 until 和 not until 的意思大為不同。如：They went shopping until 7 p.m.表示「他們去購物直到晚上 7 點（7 點之後就不購物了）」。而 They didn't go shopping until 7 p.m. 表示「他們直到晚上 7 點才去購物（7 點之後才去購物）。」

14. It is necessary to ______________________________.

leave / turn off / you / before / the room / the light

正解 It is necessary to **turn off the light before you leave the room**.

離開房間之前，必須關燈。

解析

1. 這一題主要是考：連接詞 before 用法。
2. before 表示「在…之前」，和 after 一樣都是用來描述兩件事情發生的先後順序。由字義可知，before 所接的事情應為後發生的事，故從需要重組的詞組中，先組合動詞片詞 turn off the light（關燈）和 leave the room（離開房間）。這兩個片詞中，leave the room 為後發生，故在 It is

necessary to 後應先接 turn off the light，再接由 before 所連接的子句，亦即主詞 you 和動詞片詞 leave the room。

3. before 也可以當作介系詞，接時間名詞或動名詞。如：The concert ended before 10 p.m.（音樂會在晚上 10 點之前結束）；My younger brother studied hard before the entrance exam.（我弟在入學考試前認真念書。）；The couple have known each other for a long time before getting married.（這對夫妻在結婚之前已經相識很久了）。

15. Let ________________________________.

favor / me / a / do you

正解 Let <u>**me do you a favor**</u>.

讓我來幫你一個忙。

解析

1. 這一題主要考的重點是：祈使句 let 用法。
2. 祈使句 let 表示「讓…」，基本句型為 Let ＋受詞＋原形動詞。本題同時考一個實用片語 do somebody a favor 表示「幫某人一個忙」，與 give somebody a hand 同義。故於 Let 後先接受格 me，再接片語 do you a favor。
3. 祈使句 let 的否定有兩種寫法，一種是 Let＋受詞＋not＋原形動詞，另一種則是 Don't + let＋受詞＋原形動詞。如：Let them not make their parents angry. = Don't let them make their parents angry.（不要讓他們惹父母生氣。）

▶▶▶ 第二部分 段落寫作（50%）

題目：上個星期三的晚上，Tom 睡覺睡到一半時，突然發生強烈地震，接下來發生了什麼事呢？請根據以下的圖片寫一篇約 50 字的短文。注意：未依提示作答者，將予扣分。

看圖描述

初級英檢的複試寫作測驗，並不會要求考生寫出一篇組織完整的文章，而是一則段落寫作。而其內容多為一般日常生活中會遇到的相關事物。出題方式為看圖寫作，請考生依據連環圖片的提示，寫出有連貫性的內容。因此只要善用 5W1H（What, Who, Where, When, Why, How）的方式，針對圖片來思考事件、對象、地點、時間、原因、目的及方法，每一張圖寫出一到兩個關鍵句子，再善用連接詞將句子連接起來，段落寫作即可完成。以下每一張圖均會列舉出兩組對應的句子。

圖一：從日曆上呈現星期三、時鐘呈現晚上 11:45，可以知道這是平日某一天晚上。而同時從圖中可知，Tom 在床上睡覺。可聯想的單字有：星期三 Wednesday, 晚上 night, 11:45 a quarter to twelve, 睡覺 sleep, 在床上 on his bed 等等。

1. It was a quarter to twelve on Wednesday night. 或 It was eleven forty-five on Wednesday night.（當時是星期三晚上，再15鐘就要十二點了。）
2. Tom was sleeping in his bedroom.
（湯姆在臥室裡睡覺。）

圖二：從地震發生、床搖晃、書架倒下以及 Tom 被驚醒的狀況，可以推測地震很強烈。可聯想的單字有：地震 earthquake, 書架 bookcase, 搖晃 shake, 醒來 wake up, 害怕 frightened 等等。

1. A bookcase was knocked down by a strong earthquake.
（一個書架被強震震倒了。）
2. Tom woke up because his bed was shaking so much.（因為湯姆的床劇烈搖晃，使得他醒過來。）或 Tom's bed was shaking so much that he woke up.（湯姆的床劇烈搖晃，以至於他醒過來）

圖二：從 Tom 跑出屋外、鄰居們彼此交談，以及圖中的月亮，可以推測大家在夜晚時到屋外聊天。可聯想的單字有：停止 stop, 跑出屋外 run out of the house, 鄰居 neighbor, 交談 talk to each other 等等。

1. Tom ran out of the house after the earthquake happened.
（地震發生之後，湯姆跑出屋外。）

2. As soon as the earthquake stopped, Tom ran out of the house.
（地震停止後，湯姆跑出屋外。）
3. All of his neighbors stood and talked outside their houses.
（他所有的鄰居都站在房屋外面說話。）

高分策略

有時，若只是依照三張圖來寫，內容和字數也許會不足，這時可以增加形容詞和副詞，使字句表達更加完整。也可以增加一些我們人可能會做的合理反應、或善用俚語及片語，或是以感嘆句作為結尾，更能得高分。

1. **透過圖中事物，推測可能會做的合理反應**
湯姆立即把一個枕頭放在頭上。
Tom put a pillow over his head instantly.

2. 善用俚語及片語
湯姆睡得香甜。
Tom slept like a log.

3. 以感嘆句作為結尾
多麼可怕的地震！
What a terrible earthquake!

參考範例

One Wednesday night, Tom slept like a log. Suddenly, a bookcase was knocked down by a strong earthquake. He instantly put a pillow over his head. As soon as the earthquake stopped, he ran out of the house. All of his neighbors stood and discussed outside their houses. What a terrible earthquake!（52字）

範例中譯

一個星期三晚上，湯姆睡得香甜。突然，一個書架因強震而倒下。他立即將一個枕頭放在頭上。地震一停，他就跑出了屋外。他所有的鄰居都站在屋外討論著。多麼可怕的地震啊！

確認動詞時態

這段短文全文因為是描述過去發生的事情，故全文使用過去式。

1. One Wednesday night, Tom **slept** like a log.
   → 提到過去的某一天晚上，故動詞使用過去式 slept。

2. Suddenly, a bookcase **was knocked down** by a strong earthquake.
   → 由於書架被強震震倒，故使用被動語態句型 be 動詞+過去分詞。

3. He instantly **put** a pillow over his head.
   All of his neighbors **stood** and **discussed** outside their houses.
   → 要特別注意 and 所連接的兩個動詞，時態需一致，都是過去式。而 put 的動詞三態同形。

文法&句型補充

1. 動詞 + oneself（反身代名詞） 表示動作發生在主詞身上
   The young girl dressed herself up for the Halloween party.
   這小女孩為萬聖節派對打扮了自己。

2. run out of 也可以用來表達「用完、耗盡」
   My father tried to find a gas station because his car was running out of gas.
   我的父親試圖找一間加油站，因為他的汽車快用完汽油了。

3. as soon as 表示「一…就…」
   As soon as I get my credit card, I will book a flight to Japan.
   我一收到信用卡，就會預訂飛往日本的航班。

4. as soon as possible 表示「盡快地」
   Please tell your mom to call me back as soon as possible.
   請告訴你媽媽盡快給我回電。

5. all + 名詞 表示整體
   All the spots are crowded with travelers.
   所有景點都擠滿了旅客。

校對檢查

一篇文章完成後，校對檢查是必需的步驟。考生除了檢查文章的字數是否符合題目規定至少 50 字外，也要注意字數不要超過太多，以使文章的重點能清楚呈現。

自我校對檢核表		
項次	檢查內容	完成打✓
1	至少 50 字（約 8-12 句）	
2	標點符號使用正確	
3	拼字正確	
4	句首的第一個字母大寫	
5	用字符合句意	
6	時態是否正確	
7	文法規則是否正確—如：冠詞、單複數、助動詞＋原形動詞等	
8	兩句是否可用連接詞連接？並請正確使用連接詞	

第1回

複試 口說測驗 解析

TEST01_Ans.mp3

第一部分 複誦

共五題。題目不印在試卷上，由耳機播出，每題播出兩次，兩次之間大約有一至二秒的間隔。聽完兩次後，請馬上複誦一次。

1 What would you like for breakfast?

你早餐想吃什麼？

答題策略

1. 分段記憶：在朗誦時，由於看不到題目，只能憑聽到的記憶再唸出來，因此在聽的時候最好是一段一段的記憶，免得一字一字記憶時只會記得前面而忘記後面。一開始會先聽到題號，接著才是複誦內容。本句聽取時可按以下的方式分段記憶（ | 代表分段）：

   What would you like | for breakfast?

2. 耳聽注意事項：

   (1) 唸 would you 時，由於 would 的字尾是子音 d，因此連音唸起來就變成 woul dyou，聽起來像是 [wʊʒu]，亦即 d 音不見了。平時應注意連音唸法，耳聽時才不會出錯。

   (2) 介系詞在口說中通常是輕輕地唸過，來讓句子的主要內容被聽者注意到。也因此像此句中的介系詞 for，耳聽時通常會被忽略，在複誦時也不會太過強調。

   (3) 聆聽時應同時注意，因為是以疑問詞為句首的疑問句，要注意聽是用了哪個疑問詞。

3. 複誦注意事項：

   複誦時不需唸出題號。

   發音：for 的標音為 [fɔr]，但口說時經常會被弱化為 [fə]。breakfast 的讀音

是 [`brɛkfəst]，字首是複合子音 [br]，需要特別注意。

2 On Christmas Eve, we usually have a big meal.

在聖誕夜，我們通常會吃一頓大餐。

答題策略

1. 分段記憶：本句聽取時可按以下的方式分段記憶（ | 代表分段）：
   On Christmas Eve, | we usually have a big meal.

2. 耳聽注意事項：
   (1) 在唸 have a 時，由於 have 的字尾是子音 v，因此連音聽起來會像是 [hævə]，而後面又緊接著 big meal，因此 a 常常會被忽略，考生需注意 meal 是可數名詞，所以這裡應為 a big meal。
   (2) 聆聽時應同時注意語調，On Christmas Eve 後為逗號，句子尚未結束，所以 Eve 不會被唸成重音。

3. 複誦注意事項：
   介系詞放在句首時需唸成重音，故 On 要清楚地讀出。
   發音：要注意 Eve 的字尾音，Eve 的 [v] 不是氣音，要注意不可唸成 [f]。此外，meal 的字尾音是 [l]，發音結束時舌尖的位置在上齒齦，要注意不可唸成 [o]。
   連音：Christmas 字尾是子音 s，Eve 字首是母音 e，故 Christmas Eve 可以連音唸做 [`krɪsmə siv]。

3 That's the sort of thing I like to do.

這是我喜歡做的事情。

答題策略

1. 分段記憶：本句聽取時可按以下的方式分段記憶（ | 代表分段）：
   That's | the sort of thing | I like | to do.

2. 耳聽注意事項：
   (1) That's 是 That is 的縮寫，因此字尾 s 的發音很輕，容易被忽略。聆聽句子時，應注意文法概念，若只聽成 That，句子就沒有動詞。

(2) sort 及 thought 發音相似，sort [sɔrt] 當名詞用時，表示「種類」；thought [θɔt] 當名詞用時，表示「想法」。若誤以為是 thought，句意會不合理。

3. 複誦注意事項：

That's 的字尾 s 也不可遺漏，應輕輕唸出。

發音：sort 的字尾 t 為子音，of 的字首 o 是母音，而後面接的 thing 其首音為子音，因此 sort of thing 讀成像是 sorta thing。

4 Which one do you want, water or juice?

你要喝水還是果汁？

答題策略

1. 分段記憶：本句聽取時可按以下的方式分段記憶（ | 代表分段）：

Which one | do you want, | water or juice?

2. 耳聽注意事項：

(1) 聆聽時應同時注意語調，選擇疑問句的第一個選項（即 water），語調應要上揚，第二個選項（即 juice）則要下降並唸成重音。

(2) 要注意 do you 有時會唸得很快，唸得像是一個單字一樣，會唸如拉長音的 [dʒu]，並強調後面 want 的音。

3. 複誦注意事項：

發音：want 的字尾 t 不可遺漏，應輕輕發出氣音。water 的讀音為 [ˋwɔtɚ]，尾音是捲舌音 [ɚ]。

連音：唸 do you 要唸得像是一個單字一樣，如拉長音的 [dʒu]，並強調後面的動詞 want 的音。

5 Didn't you visit the places?

你沒去過這些地方嗎？

答題策略

1. 分段記憶：本句聽取時可按以下的方式分段記憶（ | 代表分段）：

Didn't you | visit the places?

2. 耳聽注意事項：

(1) 句首是 Didn't，讀音為 [`dɪdnt]，會有很強的重音，與 Did [dɪd] 不同。此外，字尾的 [t] 通常是會聽不到。

(2) places [plesɪs] 是兩個音節，聆聽時要注意是複數，而非單一音節的單數 place。

3. 複誦注意事項：

發音：Didn't you 的 t 會與 you 連音，唸法是 [ˈdɪdndʒu]。

語調：此句是否定疑問句，和一般疑問句一樣，句尾尾音需要稍微上揚。

▶▶▶ 第二部分 朗讀句子與短文

共有五個句子及一篇短文，請先利用一分鐘的時間閱讀試卷上的句子與短文，然後在一分鐘內以正常的速度，清楚正確的朗讀一遍。閱讀時請不要發出聲音。

1 Let's get it done by the afternoon.

讓我們在下午之前完成它。

高分解析

1. 朗讀句子與短文時，考生只會看到英文文字，無法像「複誦」一樣聽到音檔，所以無法照樣模仿，得自己想像句子該怎麼唸。在一分鐘的準備時間內，考生應善用這一分鐘時間好好地確認每個字的發音、句子該如何斷句、哪幾個單字必須強調、語調的高低都要在唸的時候先考慮好。句子中需要唸成重音的單字有名詞、動詞、形容詞、副詞等，不唸重音的字則有冠詞、介系詞、助動詞、情態動詞等。以下幫各位讀者將本句的斷句、要強調重音的單字及語調標示出來。

2. 本句的斷句（以｜表示），強調單字（以粗體字及底線表示）及語調（↗表上升，↘表下降）如下：

Let's get it done↗ | by the **afternoon**.↘

3. 英文口說要流利的基本功在於連音，get it 的字尾 t 為子音，it 的字首 i 是母音，會連音唸作 [`gɛ tɪt]。

4. the 有兩種唸法，一般唸作 [ðə]，但若後面接著以母音為字首的單字時，則應唸作 [ði]。本句因為 afternoon 的第一個音為母音 [æ]，所以 the 在這裡讀作[ði]。

| 單字片語 | **get it done** 完成某件事

2 She lives on this island, not that one.

她住在這個島上，而不是那個島上。

高分解析

1. 本句的斷句（以｜表示），強調單字（以粗體字及底線表示）及語調（⬀表上升，⬂表下降）如下：
   She lives on **this** island, ⬀ ｜ not **that** one. ⬂

2. 本句因為有對照比較（this... that...），因此兩個冠詞都應加重唸出

3. 因為主詞為第三人稱單數，動詞 lives 需加 s，唸的時候僅需小聲地輕聲讀出即可。

4. island 其讀音為 [`aɪlənd]，要注意 s 不發音。

3 I prefer to travel in the desert and enjoy the special sight.

我比較喜歡在沙漠旅行，並欣賞特殊的景象。

高分解析

1. 本句的斷句（以｜表示），強調單字（以粗體字及底線表示）及語調（⬀表上升，⬂表下降）如下：
   I prefer to travel in the **desert** ⬀ ｜ and enjoy the **special sight**. ⬂

2. travel in 的 travel 字尾 l 為子音，in 的字首 i 是為母音，應以連音唸出

[`trævlɪn]。同時要注意，travel 其讀音為 [`trævḷ]，需注意複合子音 tr 的念法和尾音 el 發音結束時舌尖輕輕抵上齒齦的唸法。

3. desert 和 dessert 這兩個字容易唸錯。這兩個字雖然都是名詞，但要注意其重音不同，也因此這兩個字的 de 唸法不同。desert（沙漠）其讀音為 [`dɛzɚt]，而 dessert（甜點）其讀音則為 [dɪ`zɝt]。

| 單字片語 | **prefer to** 比較喜歡

4 This kind of product is only developed in the factory.

這種產品僅在這間工廠開發。

高分解析

1. 本句的斷句（以｜表示），強調單字（以粗體字及底線表示）及語調（↗表上升，↘表下降）如下：

   This kind of **product** ↗ ｜ is only developed in the **factory**. ↘

2. 這一句的 kind of 的 kind 字尾 d 為子音，of 的字首 o 是為母音，應以連音唸出 [kaɪndəf]。

3. product 和 produce 這兩個字經常有人會唸錯。要注意這兩個字的詞性不同，其重音不同。product 為名詞，表示「產品」，其讀音為 [`prɑdəkt]，而 produce 當動詞時表示「生產」，其讀音則為 [prə`djus]。

| 單字片語 | **develop** [dɪ`vɛləp] 開發 / **factory** [`fæktərɪ] 工廠

5 What an amazing childhood!

多麼美好的童年！

高分解析

1. 本句的強調單字（以粗體字及底線表示）及語調（↗表上升，↘表下降）如下：

What an amazing **childhood**! ↘

2. 這一句的 an amazing 的 an 字尾 n 為子音，amazing 的字首 a 為母音，應以連音唸出 [ənə`mezɪŋ]。

| 單字片語 | amazing [ə`mezɪŋ] 驚人的 / childhood [`tʃaɪld͵hʊd] 童年時期

6 **Diana was a picky girl. She threw out all the things she didn't like to eat. One day, she spotted an old man eating food that was thrown away by a restaurant. She looked at him, but she couldn't believe her eyes. After that, she kept thinking about the man. Such an experience influenced her life. She never wasted any food.**

戴安娜曾是個挑剔的女孩。她之前會扔掉所有她不喜歡吃的東西。有一天，她發現一位老人正在吃被餐廳扔掉的食物。她看著他，但不敢相信自己的眼睛。之後，她就一直在想那位老人。這樣的經歷影響了她的一生。她不再浪費任何食物了。

高分解析

1. 本句的斷句（以｜表示），強調單字（以粗體字及底線表示）及語調（↗表上升，↘表下降）如下：
   Diana was a picky **girl**. ↘ | She threw out all the **things** ↗ | she didn't like to **eat**. ↘ | One day, ↗| she spotted an old man eating **food** ↗ | that was thrown away by a **restaurant**. ↘ | She looked at **him**, ↗ | but she couldn't believe her **eyes**. ↘ | After that, ↗ | she kept thinking about the **man**. ↘ | Such an **experience** influenced her **life**. ↘ | She never wasted any **food**. ↘

2. 注意過去式的唸法：spot 和 waste 字尾音為 [t]，過去式 spotted 和 wasted 字尾音為 [tɪd]。look 尾音為 [k]，過去式 looked 尾音為 [kt]。

3. was a、out all、spotted an old、thrown away、looked at him、Such an experience、wasted any 都應以連音讀出。故 was a 唸起來像是 [wɑzə]，out all 唸起來像是 [aʊtɔl]，spotted an old 唸起來像是 [`spɑtɪdənold]，thrown away 唸起來像是[θronə`we]，looked at him 唸起來像是 [lʊktæthɪm]，Such

an experience 唸起來像是 [sʌtʃənɪk`spɪrɪəns]，而 wasted any 唸起來像是 [`westɪd`ɛnɪ]。

4. like to eat 的 to 為虛詞，在句子中常不具有實質的意思，應弱化成 [tə] 的唸法。

5. 講英文時，有一些三個或三個音節以上的單字音節中，不唸成重音的短母音常常省略不發音，故 restaurant 本應唸作 [`rɛstərənt]，但可以讀成 rest-rant [`rɛst rənt]。

| 單字片語 | **Diana** [daɪ`ænə] 黛安娜（人名）/ **picky** [`pɪkɪ] 挑剔的 / **threw** [θru] 丟，扔（throw 的過去式） / **thrown** [θrun] 丟，扔（throw 的過去分詞） / **throw out/away** 扔掉 / **spot** [spɑt] 發現 / **believe** [bɪ`liv] 相信 / **experience** [ɪk`spɪrɪəns] 經歷 / **influence** [`ɪnflʊəns] 影響 / **life** [laɪf] 生活 / **never** [`nɛvɚ] 絕不 / **waste** [west] 浪費

第三部分 回答問題

共七題。題目不印在試卷上，由耳機播出，每題播出兩次，兩次之間大約有一至二秒的間隔。聽完兩次後，請馬上回答，每題回答時間為 15 秒，回答時不一定要用完整的句子，但請在作答時間內儘量的表達。

1 Do you have a smart watch? If not, would you like to have one?

你有智能手錶嗎？如果沒有，你是否想要一支？

答題策略

1. 由句首 Do you have...，可以判斷這是一般疑問句，亦即 Yes/No 問句。考生的回答一般是只有「是」或「否」。若是回答「是」，可以說明手錶的用途特性、如何得到這支智能手錶，以及什麼時候買的、花了多少錢買等等；若是回答「否」，可以回答「想要一支」或「不需要」。若回答「是」，應說明原因，如：很酷炫、其他朋友都有；若是回答「不需要買」，也要說明原因，如：影響專注力、太貴等等。

2. 這一題回答時要注意時態，雖然題目是現在式，但若要提到當初是如何得到智能手錶的話，要使用過去式；若是提到未來會得到一支，則用未來式。

回答範例1

Yes, I do. My parents gave it to me for my birthday last year. It is really cool. It can tell the time and wake me up. I can also use it to send messages.

是的，我有。那是我父母去年送給我的生日禮物。它真的很棒。它可以告訴我時間並叫我起床。我也可以用它來發送訊息。

回答範例2

No, I don't, but I'd really like to have one when I make enough money. Smart watches are so useful. For example, some of my friends use their smart watches to track their fitness. How convenient!

我沒有，但我真的很想在我賺到足夠的錢時，就擁有一支。智能手錶很實用。例如，我的一些朋友使用他們的智能手錶來追踪自己的健康狀況。多麼方便啊！

重點補充

如果考生不知道什麼是 smart watch。但從 Do you have a ... watch? If not, would you like to have one? 大概可以知道是在問是否有某一種手錶，所以可以直接說明自己有無配戴手錶，並說明這支手錶跟你的關係，或是沒有配戴手錶的原因。

I don't have a watch because I have a cellphone with me all the time. I don't like wearing things on my wrists. Besides, I don't think wearing a watch is necessary.

我沒有手錶，因為我一直都帶著手機。我不喜歡手腕上戴東西。此外，我不認為戴手錶是必要的。

2 Do you prefer reading electronic books or paper books? Why?

你比較喜歡閱讀電子書還是紙本書？為什麼？

答題策略

考生要特別注意，雖然句首為 Do you，但因為接的動詞是 prefer...，所以這不是一般疑問句，而是選擇疑問句。考生的回答可以是電子書，也可以是紙本書。無論是回答電子書或紙本書，都可以說明其優點與特性、使用的經驗和習慣等等。若真的很難決定，也可以說都喜歡，並分別說明原因。

回答這一題時要注意時態，基本上題目是問平常習慣，故回答應為現在式。但若要講發生在過去的事，應使用過去式。

回答範例 1

I love technology so much. I usually read novels on my tablet. Using an APP to download and reading thousands of books are pretty easy. And the best part is, many of them are free.

我非常喜歡科技。我通常在平板上看小說。使用 APP 來下載和閱讀數千本書很容易。最棒的是，其中許多都是免費的。

回答範例 2

I prefer paper books. I like the feel and smell when I read paper books. Besides, reading electronic books can hurt our eyes. So, I still go to a library or a bookstore and enjoy reading.

我比較喜歡紙本書。我喜歡閱讀紙本書時的那種感覺和氣味。此外，閱讀電子書會傷害我們的眼睛。因此我仍然去圖書館或書店享受閱讀的樂趣。

重點補充

如果考生不知道什麼是 electronic books 或 paper books 怎麼辦？但應該有聽到 Do you prefer reading ... books? 吧，所以可以了解是在問某一類書籍。因此可以直接說明自己平時的讀書習慣，或是沒有讀書習慣的原因。

I don't like reading books. When I have time, I only watch TV shows or movies. They are more interesting. The books that I read are all school textbooks.

我不喜歡讀書。有時間的話，我只會看電視節目或電影，它們比較有趣。我讀的書都是教科書。

3 Have you ever made any friends online? If not, will you like to give it a try?

你有沒有在網路上結交過任何朋友？如果沒有，你會想試試看嗎？

答題策略

這一題是問從過去到目前為止的經驗，現在完成式是在日常生活中常被使用的時態之一。考生若有此經驗，回答時可用現在完成式回答，運用一些句型來說明認識多久或從什麼時候開始結交朋友的。但若是要說明之前發生過的狀況，則使用過去式。如在什麼狀況下認識等。如果沒有這種經驗，則可用針對未來的假設語氣句型來回答。

不論是什麼回答，回答時都需要注意描述內容所發生的時間點，並使用正確的時態來說明原因。

回答範例1

Yes, I have two Internet friends. I've known them for six months. I met them in a chat room. All of us love to play online games. We usually play together and share our experiences.

有，我有兩位網友。我認識他們六個月了。我在聊天室認識他們的。我們所有人都喜歡玩線上遊戲。我們通常會一起玩，並分享我們的經驗。

回答範例2

No, I haven't. I think that is too dangerous to make friends on the Internet. People usually say that we should be careful when we surf the Net because there are too many bad guys.

不，我沒有。我認為在網路上結交朋友太危險了。人們常說，上網時我們應該要小心，因為壞人太多了。

重點補充

如果你只有聽到 Have you ever made any friends....而已，那麼你可以強調自己是如何認識到目前的朋友的，然後談談平時跟他們的互動。

I only make friends in my real life, so I can know them face to face clearly. I enjoy spending time with them. We like to hang out or go to a movie together on weekends.

我只在現實生活中交朋友，所以我可以清楚地認識他們。我喜歡和他們在一起。我們喜歡在周末時聚在一起或去看電影。

4 How do you spend your leisure time?

你如何度過休閒時光？

答題策略

這一題主要是問你是如何消磨時間，考生可以針對個人的嗜好和興趣方面，以及做這些事的原因來回答，故應使用現在式來回答。leisure time 的同義詞有 free time 和 spare time。此外還可說明平時做這些嗜好和興趣的地點或同伴，也可用現在完成式來說明已從事某嗜好或興趣多久了。

回答範例 1

I spend my leisure time indoors. In my free time, I like to listen to music, watch movies, and read books. It is really important to get enough rest. These activities make me fresh.

我會在室內度過閒暇時光。我有空的時候，我喜歡聽音樂、看電影和讀書。足夠的休息真的很重要。這些活動使我精神飽滿。

回答範例 2

Mostly, I use my spare time on the guitar. I have practiced the guitar for two years. But sometimes, I go hiking with my family. It is not only relaxing but also healthy.

我大部分會把閒暇時光用在吉他上。我已經練習吉他兩年了。但有時候，我會跟家人一起去健行。它不僅令人放鬆心情，而且有益健康。

重點補充

若考生未能理解 leisure 的意思，可就 How do you spend your time? 來回答，也是很接近題意：一般來說，人們除了將時間用在工作或學習上，其他的時間大多是在睡覺。以此方向來回答，也是接近題意的。

I usually spend my time sleeping. I am so busy that I always work overtime in my office. Whenever I have time, I just sleep and do nothing. I really enjoy my sleeping time.

我通常會把時間花在睡覺上。我實在是太忙了，以至我總是在辦公室加班。每當我有時間，我就只是在睡覺，什麼也不做。我很享受我的睡眠時間。

5 What time did you wake up this morning? How did you get here?

你今天早上幾點起床？你是怎麼來到這裡的？

答題策略

題目問了兩個問題，包含起床時間以及來考試現場的交通方式。考生要注意，回答時不能只回答一項。此外因為這兩個問題都以過去式來問，所以回答時亦應以過去式來回答，並注意時態的一致性。此外，也可提及相關的內容，例如路上的交通狀況等等。但如果說明的內容為固定習慣，如每天都是同樣的時間起床時，則可以使用現在式。

回答範例 1

I got up at seven o'clock this morning. My mom woke me up and drove me here. Because we live in the countryside, public transportation is not convenient. We go everywhere by car.

我今天早上七點起床。我媽叫我起床，並開車載我來這裡。因為我們住在鄉下，所以大眾運輸不太方便。我們去任何地方都是開車。

回答範例 2

I woke up at half past six this morning. After breakfast, I caught a bus here. There were no traffic jams on my way here. It only took me twenty minutes to get here.

我今天早上六點半起床。吃過早餐之後，我搭公車來這裡。在來這裡的途中沒有塞車。我只花了 20 分鐘就到這裡了。

重點補充

除了起床時間及交通方式外，考生可以針對來考場前的準備和心情來做描述，並一樣要使用過去式。

This morning, I woke up at a quarter to six. I rode my scooter here. Because I was worried and nervous, I spent almost every minute preparing for the test. I hope I pass it.

今天早上，我在 5 點 45 分起床。我騎機車來這裡。因為我感到擔心和緊張，所以我幾乎每一分鐘都在準備考試。我希望我能通過。

6 What would you do in a restaurant if you ate half of your food and found a cockroach inside?

如果你在一家餐廳吃飯吃到一半，發現食物裡面有一隻蟑螂的話，你會怎麼做？

答題策略

這一題是在假設現在沒發生的事情，所以是與現在事實相反的條件句。因此回答時應使用「主詞＋would/could/should/might＋原形動詞」的句型。由於是在餐廳裡，因此考生的回答可以針對自己的行為反應來做描述，例如當場衝去廁所；也可以提到與店家的互動，例如立刻要求經理來處理等。
要特別注意的是，因為是假設未發生的事，回答時要用與現在事實相反的條件句。

回答範例 1

I would feel sick and jump up soon. Then, I would scream loudly and tell everybody in the entire restaurant what happened. Of course, I would never go to the restaurant again.

我會覺得噁心，並馬上跳起來，然後大聲尖叫，告訴整間餐廳裡的所有人發生了什麼事。當然，我再也不會去那間餐廳了。

回答範例 2

I would leave the food aside and ask to talk with the manager first. If they apologized soon, I would forgive them and remind them to take care of the environment.

我會把食物放在一邊，並要求先和經理談談。如果他們很快道歉，我會原諒他們，並提醒他們注意環境。

重點補充

若考生不知道什麼是 cockroach，那就根據 What would you do in a restaurant if you ate half of your food and found... 所理解的部分，針對吃到一半發現某某東西的狀況來回答。例如可以覺得不在意、繼續吃，或是不吃、不做任何反應等等。
I might stop eating soon. I would not do anything but just leave the restaurant. If I was still hungry, I might find another restaurant and eat there.
我可能會馬上停止吃東西。我可能什麼也不做，只是離開餐廳。如果我仍覺得餓，我可能會去另一家餐廳吃飯。

7 When your friend invites you to watch a baseball game on a Saturday night, how do you reply?

當你的朋友邀你在星期六晚上去看棒球賽時，你會怎麼回應？

答題策略

對於邀約，回答可以是接受或拒絕邀約。若是接受邀約，可以提到與球賽相關的內容，如會面時間與地點、比賽球隊等；若不能去看比賽，則需要說明原因，例如對球賽沒興趣、當晚已經有活動安排等。這一類的題目因為是針對未來的活動事件來描述，回答時要用未來式。

回答範例1

Here is my reply: I'd love to. I am interested in watching baseball games. What teams will play? Where will the game take place? What time and where are we going to meet? Who else will go?

以下是我的回覆：我想去。我對棒球比賽很感興趣。什麼球隊會來參賽？比賽將在哪裡舉行？我們要幾點、在什麼地方見面？還有誰會去？

回答範例2

Here is my reply: Thank you for inviting me, but I can't go with you. I am going to visit my grandparents because I promised to visit them that Saturday. What about Sunday night?

以下是我的回覆：感謝你邀我去，但我無法跟你一起去。我要去拜訪我的祖父母，因為我答應要在那週六去拜訪他們。那週日晚上呢？

重點補充

也可直接拒絕邀約，可提到對該活動沒有興趣。針對事實的部分，即對活動沒有興趣，應使用現在式；但如果是提到未來仍可一起參與其他活動的狀況，則應以未來式描述。

I appreciate the invitation, but I don't like the sport. I don't think we will have a good time watching baseball games together. Maybe it is better for us to watch movies or to read books.

感謝你的邀約，但我不喜歡這項運動。我不認為我們一起看棒球賽會看得很開心。也許對我們來說，一起看電影或看書會更好。

全民英語能力分級檢定測驗

初級寫作能力測驗

第二回　寫作能力測驗答題注意事項

1. 本測驗共有兩部分。第一部分為單句寫作，第二部分為段落寫作。測驗時間為 40 分鐘。

2. 請利用試題紙空白處擬稿，但正答務必書寫在「寫作能力測驗答案紙」上。在答案紙以外的地方作答，不予計分。

3. 第一部分單句寫作請自答案紙第一頁開始作答，第二部分段落寫作請在答案紙第二頁作答。

4. 作答請勿隔行書寫，請注意字跡應清晰可讀，並保持答案紙之清潔，以免影響評分。

5. 未獲監試人員指示前，請勿翻閱試題紙。

6. 測驗時，不得在准考證或其他物品上抄題，亦不得有傳遞、夾帶小抄、左顧右盼或交談等違規行為。

7. 意圖或已經將試題紙攜出試場者，五年內不得報名參加本測驗。請人代考者，連同代考者，三年內不得報名參加本測驗。

8. 測驗結束時，須立即停止作答，在原位靜候監試人員收回全部試題紙及答案紙，清點無誤後，宣佈結束始可離場。

9. 應試者入場、出場及測驗中如有違反上列規則或不服監試人員之指示者，監試人員得取消其應試資格並請其離場，且作答不予計分。

第一部分：單句寫作（50%）

請將答案寫在答案紙上對應的題號旁，如有文法、用字、拼字、標點符號、大小寫等之錯誤，將予扣分。

第 1～5 題：句子改寫

請依題目之提示，將原句依指定形式改寫，並將改寫的句子**完整**地寫在答案紙上。***注意：每題均需寫出完整的句子，否則將予扣分。***

例：第一句：The book is pink. 第二句：It ________________. 在答案紙上寫：***It is pink.***

1. His heart is not strong enough to pump his blood.
   His heart is too ____.

2. John lent me his bike.
   I ____.

3. The old man is lying on the long couch now.
   The old man ____________________________________.（用 every day）

4. I didn't win the lottery, so I can't buy an expensive house for my family.
   If I ____.

5. Nicole needs to have a computer to do her report.
   Nicole can't do her report _____________________________________.

第 6～10 題：句子合併

請依題目之提示，將兩句合併成一句，並將合併的句子**完整**地寫在答案紙上。***注意：每題均需寫出完整的句子，否則將予扣分。***

例：Mary has a cell phone.

The cell phone is red.

題目： Mary ______________________________ phone.

在答案紙上寫：***Mary has a red cell phone*.**

6. I heard a beautiful song.
A young girl was singing the song.
I heard a young girl ____.

7. Ava doesn't like classical music.
Ethan doesn't like classical music.
Neither Ava ____.

8. I led my two sisters out to fly kites.
My parents made me do it.
My parents made ____.

9. Jimmy often smoked before.
Jimmy doesn't smoke now.
Jimmy used to _________________ but now _________________.

10. Tim is talking to a man.
The man's dog is barking.
Tim ____.

第 11～15 題：重組

請將題目中所有提示的字詞整合成一有意義的句子，並將重組的句子**完整**地寫在答案紙上。***注意：每題均需寫出完整的句子。答案中必須使用所有提示的字詞，且不能隨意增減字詞及標點符號，否則不予計分。***

例：題目：They ________________ .

Jack / me / call

在答案紙上寫：***They call me Jack.***

11. One ____.

friends / earlier / his / called / of

12. Mary's parents ____.

to / a teacher/ expect / be / her

13. The woman ____.

loudly / my / is / aunt / talking

14. Those people ____?

they / did / opinions, / gave / rarely

15. Does the cake ____?

as / it / taste / as sweet / looks

第二部分：段落寫作（50%）

題目：某一天放學，Allen 和同學一起搭乘捷運，接下來發生了什麼事？請根據以下的圖片寫一篇約 50 字的短文。***注意：未依提示作答者，將予扣分。***

全民英語能力分級檢定測驗

初級寫作能力測驗答案紙

第一部分（請依題目序號作答，並寫出完整的句子）

1. ______________________________ 1

____

2. ______________________________ 2

____

3. ______________________________ 3

____

4. ______________________________ 4

____

5. ______________________________ 5

____

6. ______________________________ 6

____

7. ______________________________ 7

____

8. ______________________________ 8

____

9. ______________________________ 9

____

10. ______________________________ 10

____

第 1 頁

請翻至第 2 頁繼續作答

11. 11

12. 12

13. 13

14. 14

15. 15

第二部分（請由此開始作答，勿隔行書寫。）

5

10

寫作能力測驗級分說明

第一部分：單句寫作級分說明

級分	說　明
2	正確無誤。
1	有誤，但重點結構正確。
0	錯誤過多、未答、等同未答。

第二部分：段落寫作級分說明

級分	說　明
5	正確表達題目之要求；文法、用字等幾乎無誤。
4	大致正確表達題目之要求；文法、用字等有誤，但不影響讀者之理解。
3	大致回答題目之要求，但未能完全達意；文法、用字等有誤，稍影響讀者之理解。
2	部分回答題目之要求，表達上有令人不解/誤解之處；文法、用字等皆有誤，讀者須耐心解讀。
1	僅回答 1 個問題或重點；文法、用字等錯誤過多，嚴重影響讀者之理解。
0	未答、等同未答。

各部分題型之題數、級分及總分計算公式

分項測驗	測驗題型	各部分題數	每題級分	佔總分比重
第一部分： 單句寫作	A.句子改寫	5 題	2 分	50%
	B.句子合併	5 題	2 分	
	C.重組	5 題	2 分	
第二部分： 段落寫作	看圖寫作	1 篇	5 分	50%
總分計算公式	公式：{(第一部分得分/30)＋(第二部分得分/5)}×50 例：　第一部分得分　A－8 分　B－10 分　C－8 分 8+10+8=26 三項加總第一部分得分　－　26 分 第二部份得分　－　4 分 依公式計算如下： {(26/30)+(4/5)}×50=83 該考生得分 83 分			

第二回　口說能力測驗答題注意事項

1. 本測驗問題由耳機播放，回答則經麥克風錄下。分複誦、朗讀句子與短文、回答問題三部分，時間共約十分鐘，連同口試說明時間共需約五十分鐘。

2. 第一部分複誦的題目播出兩次，聽完兩次後，立即複誦一次。第二部分朗讀句子與短文有一分鐘準備時間，請勿唸出聲音，待聽到「請開始朗讀」，再將句子與短文唸出來。第三部分回答問題的題目播出兩次，聽完第二次題目後請在作答時間內盡量的表達。

3. 錄音設備皆已事先完成設定，請勿觸動任何機件，以免影響錄音。測驗時請戴妥耳機，將麥克風調到嘴邊約三公分處，聽清楚說明，依指示以適中音量回答。

4. 請注意測驗時不可在答案紙上畫線、打“✓”或作任何記號；不可在准考證或其他物品上抄題；亦不可有傳遞、夾帶小抄、左顧右盼或交談等違規行為。

5. 意圖或已將試題紙或試題影音資料攜出或傳送出試場者，視同侵犯本中心著作財產權，限五年內不得報名參加「全民英檢」測驗。請人代考，連同代考者，三年內不得報名參加本測驗。

6. 測驗結束時，須立即停止作答，在原位靜候監試人員收回全部試題紙並清點無誤後，等候監試人員宣布結束後始可離場。

7. 入場、出場及測驗中如有違反上列規則或不服監試人員之指示者，監試人員將取消您的應試資格並請您離場，且測驗成績不予計分，亦不退費。

全民英語能力分級檢定測驗

初級口說能力測驗

TEST02.mp3

請在15秒內完成並唸出下列自我介紹的句子：

My seat number is（複試座位號碼）, and my test number is（初試准考證號碼）.

第一部分：複誦

共五題。題目不印在試卷上，由耳機播出，每題播出兩次，兩次之間大約有一至二秒的間隔。聽完兩次後，請馬上複誦一次。

第二部分：朗讀句子與短文

共有五個句子及一篇短文，請先利用一分鐘的時間閱讀試卷上的句子與短文，然後在一分鐘內以正常的速度，清楚正確的朗讀一遍。閱讀時請不要發出聲音。

One: Could you speak more slowly?

Two: My father irons his shirt and trousers every morning.

Three: The boy has to see a dentist on January 21.

Four: There is a beautiful bridge in the small town.

Five: You are planning to climb a mountain, aren't you?

Six: When you are down, what do you do to make yourself feel better? First, you can try to clean your space. It can wipe away your stress. Second, you may listen to some great music. They can calm you down. Third, you can drink more water or eat something healthy. Finally, the most important but simple way is to take several deep breaths.

第三部分：回答問題

共七題。題目不印在試卷上，由耳機播出，每題播出兩次，兩次之間大約有一至二秒的間隔。聽完兩次後，請馬上回答，每題回答時間為15秒，回答時不一定要用完整的句子，但請在作答時間內儘量的表達。

請將下列自我介紹的句子再唸一遍：

My seat number is（複試座位號碼）, and my test number is（初試准考證號碼）.

口說能力測驗級分說明

評分項目（一）：發音、語調和流利度（就第一、二、三部分之整體表現評分）

級分	說　明
5	發音、語調正確、自然，表達流利，無礙溝通。
4	發音、語調大致正確、自然，雖然有錯但不妨礙聽者的了解。表達尚稱流利，無礙溝通。
3	發音、語調時有錯誤，但仍可理解。說話速度較慢，時有停頓，但仍可溝通。
2	發音、語調常有錯誤，影響聽者的理解。說話速度慢，時常停頓，影響表達。
1	發音、語調錯誤甚多，不當停頓甚多，聽者難以理解。
0	未答或等同未答。

評分項目（二）：文法、字彙之正確性和適切性（就第三部分之表現評分）

級分	說　明
5	表達內容符合題目要求，能大致掌握基本語法及字彙。
4	表達內容大致符合題目要求，基本語法及字彙大致正確，但尚未能自在運用。
3	表達內容多不可解，語法常有錯誤，且字彙有限，因而阻礙表達。
2	表達內容難解，語法錯誤多，語句多呈片段，不當停頓甚多，字彙不足，表達費力。
1	幾乎無句型語法可言，字彙嚴重不足，難以表達。
0	未答或等同未答。

發音、語調和流利度部分根據第一、二、三部分之整體表現評分，文法、字彙則僅根據第三部分之表現評分，兩項仍分別給 0~5 級分，各佔 50%。

計分說明

某考生各項得分如下面表格所示：

評分項目	評分部分	得分
發音、語調、流利度	第一、二、三部份	4
文法、字彙之正確性和適切性	第三部份	3

百分制總分之計算：(4＋3)×10 分＝70 分

第2回

複試 寫作測驗 解析

第一部分 單句寫作 （50%）

請將答案寫在答案紙上對應的題號旁，如有文法、用字、拼字、標點符號、大小寫等之錯誤，將予扣分。

第 1～5 題：句子改寫

1. His heart is not strong enough to pump his blood.

他的心臟不夠強，無法送血。

His heart is too ______________________________.

His heart is too **weak to pump his blood**.

他的心臟太弱了，無法送血。

解析

1. 這題是考改寫 too... to... 的句型轉換。
2. 初級英檢中有幾個重要的常用句型，都是在描述某事物的程度與其所造成的結果，這些句型都可以用在形容詞或副詞上，而且這些句型有時是可以互相替換，來表達相同的語意。以下介紹三種句型：

   enough to＋原形動詞：表示「足夠…以至於能…」

   too...to＋原形動詞：表示「太…以至於不能…」（具有否定意義）

   so...that＋子句：表示「如此…以至於…」

   例 1：用於形容詞

   I am not rich **enough to** own a house.

   = I am **too** poor **to** own a house.

   = I am **so** poor **that** I don't own a house.

   我不夠富有到能擁有一棟房子。

   例 2：用於副詞

   He didn't play well **enough to** win the soccer game.

   = He played **too** badly **to** win the soccer game.

= He played **so** badly **that** he didn't win the soccer game.
他球踢得不夠好，以至於無法贏那場足球比賽。

3. 要特別注意的是，前兩種句型若其主詞為事物，當要表示對某人而言時，介系詞是用 for。其句型則變換為：
enough＋for＋（人）受格＋to＋原形動詞：表示「對某人而言…足夠…以至於能…」。
too...＋for＋（人）受格＋to＋原形動詞：表示「對某人而言…太…以至於不能…」（具有否定意義）
例句：The problem is not easy **enough** *for me* **to** solve.
= The problem is **too** hard *for me* **to** solve.
這個問題對我來說太難解決了。

2. John lent me a bike.
約翰借給我一輛自行車。

I ____.

正解 I borrowed a bike from John.
我從約翰那借了一輛自行車。

解析

1. 這題是考 lend 和 borrow 的句型轉換。
2. lend 和 borrow 都有「借」的意思，其動詞三態分別為 lend-lent-lent 和 borrow-borrowed-borrowed。lend 是指「出」借，而 borrow 是指借「入」。亦即，若主詞為東西的擁有者，要借給別人時，動詞為 lend。兩個動詞使用的介系詞不同，其句型如下：
lend＋人＋物 = lend＋物＋to＋人
borrow＋物＋from＋人（沒有「borrow＋人＋物」句型）

例句：
She **lent** me an interesting novel.
= She **lent** an interesting novel to me.
= I **borrowed** an interesting novel from her.
她借給我一本有趣的小說。

3. 另外，有兩組動詞意思也是很相近，但使用上也很容易出錯。rise 和 raise 都有上升的意思，其動詞三態分別為 rise-rose-risen 和 raise-raised-raised。rise 是指某人或事物「自己」往上升，而 raise 則是某人將「某事物」往上提高。例句：

The sun **rises** early and sets late in the summer. 在夏天，日出早且日落晚。

I **raised** my hand for questions. 我舉手問問題。

3. The old man is lying on the long couch now.
這位老人現在正躺在長沙發上。

The old man ________________________.（用 every day）

正解 The old man **lies on the long couch every day**.
這位老人每天都躺在長沙發上。

解析

1. 這題是考時態的轉換。
2. 英文時態共有 12 種，但在初級英檢中只考 8 種時態。其句型和常見時態如下：

時態		動詞時態	常見時間副詞	例句
現在	簡單式	V 原形 V-s/es （主詞是 he/she/it）	every＋時間, 頻率副詞	He takes a shower every day.（他每天淋浴。）
	進行式	am/is/are ＋V-ing	now, right now, at present, at the moment	He is taking a shower at present.（他現在正在淋浴。）
	完成式	have/has＋ p.p.	since＋開始時間, for＋一段時間	He has taken a shower since this morning.（從今天早上，他就已經洗過澡了。）
	完成進行式	have/has＋ been＋ V-ing	since＋開始時間, for＋一段時間	He has been taking a shower for ten minutes.（他已經淋浴十分鐘。→暗示會持續進行）

<table>
<tr><td rowspan="3">過去</td><td>簡單式</td><td>V-ed（或不規則變化）</td><td>last＋時間,
時間＋ago</td><td>He took a shower ten minutes ago.（十分鐘前他洗了一次澡。）</td></tr>
<tr><td>進行式</td><td>was/were＋V-ing</td><td>then, at that time</td><td>He was taking a shower at that time.（他那時正在淋浴。）</td></tr>
<tr><td>完成式</td><td>had＋p.p.</td><td>before＋時間,
when＋過去式子句</td><td>He had taken a shower before you called him.（你打電話給他之前，他已經洗過澡。）</td></tr>
<tr><td colspan="2">未來簡單式</td><td>will＋V</td><td>in＋時間,
next＋時間</td><td>He will take a shower in ten minutes.（十分鐘後他將去淋浴。）</td></tr>
</table>

3. 本題考 lie 的三態，但當其字義不同時，其三態也就不同。lie 和 hang 都是很常考的單字。

動詞	字義	動詞三態	例句
lie	躺	lie-lay-lain	She lay down and fell asleep fast.（她躺下來不久就睡著了。）
	說謊	lie-lied-lied	She lied to me about some small things.（她對我撒一些小事情的謊。）
hang	吊掛	hang-hung-hung	He hung his keys on the wall beside the door.（他把鑰匙掛在門旁邊的牆上。）
	吊死	hang-hangd-hanged	He hanged himself after killing his wife.（他殺了妻子後上吊自殺。）

4. 由本題原句句尾 now 以及 be -ing，可知時態為現在進行式。而本題暗示要用 every day，是現在式，故將時態改寫為現在式 The old man lies。

4. I didn't win the lottery, so I can't buy an expensive house for my family.

我沒有中樂透彩，所以我無法為我的家人買一棟昂貴的房屋。

If I ____.

正解 If I <u>won the lottery, I could buy an expensive house for my family</u>.

如果我中了樂透彩，我現在就能為我的家人買一棟豪宅。

解析

1. 這題是考假設語氣的句型轉換。
2. 所謂「假設語氣」，就是假設某件事情發生之後，會產生什麼結果的狀況。假設語氣依照現在、過去和未來三種不同時態，有三種不同的假設句型。所以基本觀念是，主要子句時態是與事情發生的時態相關。

事情發生的時間	句型		例句
	If 子句	主要子句	
尚未發生，有可能會發生：代表對未來的假設	If＋現在簡單式	S＋**will**＋V	**If it rains**, we **will not have** a picnic tomorrow. 如果會下雨，明天我們就不去野餐。
正在發生，希望結果與現在狀況相反：代表與**現在事實**相反的假設	If＋過去簡單式	S＋**would/could/should/might**＋V	**If it didn't rain**, we **would have** a picnic. 如果沒有下雨，我們就會去野餐。 （實際上，現在在下雨。）
事情早已發生，希望結果與過去當時狀況相反：代表與**過去事實**相反的假設	If＋過去完成式	S＋**would/could/should/might**＋**have**＋**p.p.**	**If it hadn't rained**, we **would have had** a picnic yesterday. 要是昨天沒有下雨，我們早已野餐。 （實際上，昨天在下雨。）

3. 本題的題目所表示的是，事實上沒有中樂透彩，所以希望結果與**現在**狀況相反，故為與**現在事實相反**的假設。因此條件子句為 If＋**過去簡單式**，亦即：If I **won** the lottery,，主要子句為 S＋**would/could/should/might**＋**V**，亦即：I could buy an expensive house for my family.。這種句型要特別注意的是，若為 be 動詞改寫為過去式簡單式時，不用 was，只能用were。

5. Nicole needs to have a computer to do her report.

妮可需要一台電腦來做她的報告。

Nicole can't do her report ________________________________.

正解 Nicole can't do her report **without a computer**.

妮可沒有電腦就無法做她的報告。

解析

1. 這題是考 with/without 的用法。
2. 介系詞 with/without 這兩個相反詞，用來表示「用…／沒有…」。用在「名詞＋with＋受詞」時，可作為形容詞的修飾功能，修飾前面的名詞。例如：

   The boy is the only child **with** a cute toothbrush.

   這男孩是唯一有可愛的牙刷的孩子。

   I know the man **without** money. 我認識這個沒有錢的男子。

   用在「動詞片語＋with＋名詞／動名詞」時，可作為副詞功能，修飾前面的動詞。例如：

   The boy brushed his teeth **with** a cute toothbrush.

   這男孩用一隻可愛的牙刷刷牙。

   The man walked into the meeting room **without** knocking.

   這個男子沒有敲門就走進會議室。

2. 特別注意，without 本身已經具有否定的含義，其後不再接否定的單字。而本題改寫為 not... without... 是為強調肯定句的雙重否定句型。由於本句的內容提到「需要有 computer」，所以改寫時直接以「without＋名詞」來表示「如果沒有…就無法…」。

第 6～10 題：句子合併

6. I heard a beautiful song. 我聽到一首優美的歌。

A young girl was singing the song. 一位小女孩當時正唱著那首歌。

I heard a young girl ________________________________.

I heard a young girl **singing a beautiful song**.

我當時聽到一位小女孩正唱著一首優美的歌。

1. 這題是考感官動詞的用法。
2. 感官動詞是初級英檢常考題型之一。這些動詞主要是運用感覺器官來描述所看到、聽到、聞到、感覺到和注意到的人事物之動作。各位可以口訣來牢記這些動詞：三看（see, watch, look at）、二聽（hear, listen to）、一聞（smell）、一感覺（feel）、一注意（notice）。

   一般而言，一個句子只有一個動詞，但考生一旦在題目中看到這些特殊動詞時，先檢查句型是否為「主詞＋感官動詞＋受詞＋原形動詞／現在分詞／過去分詞」，若符合，即為感官動詞的用法。接著，再依句意判斷應使用原形動詞、現在分詞，還是過去分詞。以下請見三種用法：

   (1)表示主動，強調事實：主詞＋感官動詞＋受詞＋原形動詞，例如：
   I saw some people leave the party. 我看到一些人離開了派對。
   (2)表示主動，強調動作：主詞＋感官動詞＋受詞＋現在分詞，例如：
   I saw some people leav**ing** the party. 我看到一些人正在離開派對。
   (3)表示被動：主詞＋感官動詞＋受詞＋過去分詞，例如：
   I saw some garbage left at the party. 我看到一些垃圾被丟在派對上。
3. 本題依指示，需改寫為 I heard a young girl...，依句意是主動，因為題目第二句所述是正在唱歌，故應以強調動作的現在分詞 singing 改寫。而 the song 依題目第一句指的是 a beautiful song，故整句改寫為 I heard a young girl singing a beautiful song.。

7. Ava doesn't like classical music. **艾娃不喜歡古典音樂。**
Ethan doesn't like classical music. **伊森不喜歡古典音樂。**

Neither Ava ______________________________.

 Neither Ava **nor Ethan likes classical music**.
艾娃和伊森都不喜歡古典音樂。

解析

1. 這題是考具有否定含義的對等連接詞片語 neither... nor... 的用法。
2. 初級英檢常考的對等連接詞片語，除了表示「兩者皆不」的 neither... nor...（不是…也不是…），還有「兩者擇一」的 either... or...（不是…就是…）、「兩者皆是」的 both... and...（同時…和…）與 not only... but

also...（不僅…而且…）。要特別注意的是，對等連接詞是指，連接兩個詞性相同的單字組的連接詞。例如：

- She found her cat **neither** in the house **nor** in the yard.（她發現她的貓既不在房子裡也不在院子裡），此句的 neither 和 nor 所連接的都是副詞片語。
- He will **either** send me a message **or** give me a call.（他不是發訊息給我，就是打電話給我），此句的 either 和 or 所連接的都是動詞片語。
- I like **both** Ava **and** Ethan.（我喜歡艾娃和伊森），此句的 both 和 and 所連接的都是名詞。
- The model is **not only** tall **but also** slender.（這個模特兒不僅身材高，而且苗條），此句的 not only 和 but also 所連接的都是形容詞。

3. 以上這四組片語要牢記其含義外，若是連接主詞的話，也要注意其句子的肯定形或否定形，以及動詞單複數。四組句型中只有 both... and... 是永遠搭配複數動詞的，其餘三組對等連接詞句型，因都是強調最靠近動詞的那個主詞，故動詞的單複數由該主詞決定。例如：
   - Neither you nor **Ava joins** the racing club.（你和艾娃兩位皆未加入賽車俱樂部），因最接近動詞的是 Ava，為第三人稱單數名詞，故一般動詞現在式需加 s。
   - Either you or **I am** responsible for the project.（不是你就是我負責該專案），最接近動詞的是 I，是第一人稱單數名詞，故 be 動詞現在式為 am。
   - **Both** Ava **and** Ethan **are** clever engineers.（艾娃和伊森兩位都是聰明的工程師），因為以 and 連接，永遠搭配複數動詞，故 be 動詞現在式為 are。
   - Not only she but also **they feel** tired after working the whole day.（工作一整天之後，不僅是她，他們都感到疲倦），接近動詞的是 they，是第三人稱複數名詞，故一般動詞現在式為原形動詞。
4. 本題題目均為否定，改寫為具有否定含義的對等連接詞片語 neither... nor... 時，要特別注意句子的語意，動詞若接 not，則會使意思完全相反。改寫前，先閱讀原句，找出兩句中的相同處為 doesn't like classical music.，便可知 neither... nor... 要接的是 Ava 和 Ethan，而且改寫後的動詞不能再接 not。另外，因主詞 Ethan 是第三人稱單數名詞，故其後的一般動詞現在式需加 s。

8. I led my two sisters out to fly kites. **我帶我的兩位妹妹出去放風箏。**

My parents made me do it. **我父母要我這麼做。**

My parents made ______________________________.

My parents made **me lead my two sisters outside to fly kites**.

我父母要我帶我的兩位妹妹出去放風箏。

解析

1. 這題是考使役動詞的用法。
2. 常見的使役動詞除了有表示「讓」的 make 外，還有 have 和 let，其句型為「主詞＋使役動詞＋受詞＋原形動詞／過去分詞」，表示讓某人事物去做某事或發生。要特別注意的是，受詞後不可以再接 to，並依句意判斷應使用主動還是被動句型。

   (1)表示主動：主詞＋使役動詞＋受詞＋原形動詞，例如：

   Our teacher made us write some poems. 老師要我們寫一些詩歌。

   (2)表示被動：主詞＋have/make＋受詞＋過去分詞；主詞＋let＋受詞＋be＋過去分詞，例如：

   I had my house painted last week.

   上週我請人粉刷了我的房子（讓我的房子被粉刷）。

   The owner let the products be delivered quickly.

   物主讓產品迅速地被送達。
3. 本題依指示，需改寫為 My parents made...，依句意，父母要求的對象是「我」，故受詞為 me。而題目第一句所述的動作是主動行為，故應以主動句型改寫，led 應改為原形動詞 lead，因此整句改寫為 My parents made me lead my two sisters outside to fly kites.

補充說明

let、have 和 make 雖然都是指「讓」，但其含義並不相同。let 表示取得主詞同意的「讓」；have 表示受詞本身接受「被要求去做某事」，但 make 表示受詞本身被強迫去做某事。例如：

・My sister **let** me go with her.：表示我取得姐姐的同意，姐姐允許我和她一起去。

・My sister **had** me go with her.：表示姐姐要求我和她一起去，而我覺得一起去沒什麼問題。

・My sister **made** me go with her.：表示姐姐強迫我和她一起去，而我一點都不想去。

9. Jimmy often smoked before. 吉米之前常抽菸。
Jimmy doesn't smoke now. 吉米現在不抽菸了。
Jimmy used to ________ but now ________.

正解 Jimmy used to **smoke** but now **he doesn't smoke**.
吉米過去有抽菸的習慣，但現在不抽了。

解析
1. 這題是考片語 used to 的用法。
2. use 作為動詞，常用來表示「用」，其三態為 use-used-used，故若要表達「被用來」，則為被動語態 be used。然而，used 則用來表示「習慣於」。因此有四種相似的常用片語，特別要注意片語後面所接的動詞形態。

片語	含義	例句
used to＋原形動詞	以前習慣…（現在已經沒有這個習慣）	My mom **used to** cook on weekends. 我媽媽以前習慣在週末時煮飯。 （表示媽媽現在在週末時不煮飯）
get used to＋動名詞／名詞	漸漸習慣…（以前沒有這習慣，現在慢慢變成習慣）	My mom **gets used to** cooking on weekends. 我媽媽漸漸習慣在週末做飯。 （表示媽媽以前在週末時不煮飯，現在在週末時會煮飯，正在習慣中）
be used to＋動名詞／名詞	已經習慣…（持續很長一段時間的習慣行為）	My mom **is used to** cooking on weekends. 我媽媽已經習慣在週末做飯。 （表示媽媽一直都在週末時煮飯）

be used to＋原形動詞	被用來做…（被動語態，表示主詞被用來做某件事或用途）	This type of hammer **is used to** pull nails out of the wood. 這種錘子被用來將釘子從木頭中拉出。

3. 由題目句意知道，吉米之前常抽菸，但他現在不抽了，代表他以前有抽菸的習慣。題目的提示是 Jimmy used to，表示是要考各位過去的習慣用法，因此在 Jimmy used to 後接原形動詞 smoke，表示之前的習慣。最後再寫現在的狀態，即 he doesn't smoke。

10. Tim is talking to a man. 提姆正在和一位男子說話。

The man's dog is barking. 那位男子的狗正在吠叫。

Tim ______________________________.

正解 Tim **is talking to a man whose dog is barking**.

提姆正在和養了一隻狗的男子說話，這隻狗正在叫。

解析

1. 這題是考關係代名詞的用法。
2. 關係代名詞常用於形容詞子句。和形容詞一樣，形容詞子句也是用來修飾句子中的某一個名詞，而這個名詞在形容詞子句中被稱為是「先行詞」。要特別注意的是，多數的形容詞通常放在所修飾的名詞前方，但形容詞子句則放在修飾名詞的後面。故其句型為先行詞＋形容詞子句。關係代名詞有 who, whom, which, whose, that，而要使用哪一種關係代名詞，是由被修飾的先行詞決定。

先行詞	主格	受格	所有格
人	who/that 例：He is the man who lost a wallet.（他是丟失錢包的人） 原句為：The man lost a wallet. →先行詞在本句為主詞	whom/who/that 例：He is the man whom I want to know.（他是我想認識的人） 原句為：I want to know the man. →先行詞在本句為受詞	whose 例：He is the man whose wallet was lost.（他是錢包掉了的那個人） 原句為：The man's wallet was lost →先行詞在本句為其所有格

事物	which/that 例：This is the novel which was written by my teacher.（這是我老師寫的小說） 原句為：The novel was written by my teacher. →先行詞在本句為主詞	which/that 例：This is the novel which my teacher talked about.（這是我老師談到的那本小說） 原句為：My teacher talked about the novel. →先行詞在本句為受詞	whose 例：This is the novel whose cover is yellow.（這是封面為黃色的那本小說） 原句為：The novel's cover is yellow. →先行詞在本句為其所有格

3. 依兩句題意，可知兩個句子相同處在 the man，故 the man 為先行詞。而第二句用到了所有格，所以應使用所有格關係代名詞 whose 將兩個句子合併為一句。

補充說明

雖然 that 可以替換成關係代名詞 who/whom/which，但並不是永遠都可以相互替換。有時則是非使用 that 不可。

1. 不可以替換成 that 的情況：關係代名詞前有介系詞或逗號，或先行詞為 people/those。

   例如：Taiwan was the country in which he lived. 台灣是他居住的國家。
   We love Taiwan, which is our hometown.
   我們愛台灣，這是我們的故鄉。
   People who buy flowers can get five for free.
   買花的人可以免費得到五朵花。

2. 非使用 that 不可：先行詞包含有「人物和非人物」，且先行詞前有最高級、序數或 every, any, all, no, the same/only/very 時，或是疑問句以 who/which 為句首時。

   例如：The firefighters found a young girl and her dog that hid under a desk.
   消防員發現一個年輕女孩和她的狗躲在桌子下面。
   This is the most interesting magazine that I have ever read.
   這是我讀過最有趣的雜誌。
   He is the second person that reached the top of the mountain.
   他是第二個到達山頂的人。

Everyone that takes the advantage of math skills can win the game.
每個利用數學技能的人都可以贏得比賽。
Who is the woman that got married yesterday?
昨天結婚的女生是誰？

第 11～15 題：重組

11. One ______________________________.

friends / earlier / his / called / of

正解 One **of his friends called earlier**.
他的一位朋友早些時候打來了電話。

解析

1. 這一題主要是考數量不定代名詞的用法。
2. 不定代名詞是用來指稱不明確的人事物，而數量不定代名詞是用來代替其所對應的名詞。因為與數量相關，故可以分為可數和不可數的數量不定代名詞。

數量不定代名詞			例句
可數	one each every one several many (a) few	＋of＋the/ 所有格＋複數可數名詞	Many of my teachers come from Britain.（我的許多老師來自英國。）
可數或不可數	any all most some none	＋of＋the/ 所有格＋ 複數可數名詞 單數不可數名詞	I got most of the job done.（我完成了大部分工作。）
不可數	much (a) little	＋of＋the/ 所有格＋單數不可數名詞	A little of his money has been saved.（他的一小部分錢已經存起來了。）

3. 本題依照數量不定代名詞句型，先完成主詞 One of his friends，再接動詞 called，最後為副詞比較級 earlier 來修飾動詞。

12. Mary's parents ______________________.

to / a teacher/ expect / be / her

正解 Mary's parents **expect her to be a teacher**.

瑪麗的父母期望她當老師。

解析

1. 這一題主要是考動詞 expect 的用法。
2. 有些動詞接了受詞之後會再加不定詞（to＋V）用來指使他人去做某種行為。這些動詞的意思，通常與未做的動作有關，包含 ask 要求、tell 告訴、want 想要、invite 邀請、allow 允許、advise 建議、teach 教、expect 期待、encourage 鼓勵、remind 提醒、promise 承諾、offer 提供、force 強迫。
3. 本題目已經列出主詞 Mary's parents，故後面接動詞 expect。看到 expect 這動詞再依句型接受詞，接著再加不定詞（to＋V），也就是 Mary's parents expect her to be，to be 後面加上身分名詞 a teacher 即可。

補充說明

expect 和 except 是常見的混淆字，兩字雖然很像，但不僅意思不同，詞性也不相同。

單字	詞性	字義	例句
expect	動詞	期待，預期	She **expected** her family to leave for a holiday. 她期待她的家人出去度個假。
except	介系詞	除了…之外	My baby brother does nothing **except** sleeping and eating. 我弟除了睡覺和吃飯外什麼都不做。

13. The woman ______________________.

loudly / my / is / aunt / talking

正解 The woman **talking loudly is my aunt**.

說話大聲的那位女士是我的阿姨。

解析

1. 這一題主要是考分詞的用法。
2. 分詞是由動詞演變而來的，可分為現在分詞和過去分詞，可以當作形容詞使用。
   (1)現在分詞表示「動作正在進行」，亦可表示「主動」。例如：The breaking news shocked everyone.（新聞快報震驚了所有人）
   (2)過去分詞則表示「動作已經完成」，亦可表示「被動」，例如：The broken car drives me mad.（這輛破車讓我氣瘋）。
   (3)將某個形容詞子句的關係代名詞刪掉，並將動詞改為現在分詞，這樣的分詞也有形容詞功能。例如：
   ‧I know the man who wears a blue jacket.（我認識那個穿著藍夾克的男人。）
   刪掉關係代名詞，並將動詞改為現在分詞→ I know the man **wearing** a blue jacket.
   ‧The noodles which were cooked by my mom were delicious.（我媽媽煮的麵很好吃。）
   刪掉關係代名詞和 be 動詞→ The noodles **cooked** by my mom were delicious.
3. 本題目已提示 The woman 為主詞。從選項中可推測出動詞為 is，但如果只想到用 is talking 來組合的話，句子組合起來會不完整。故要把 talking 視為修飾的分詞，來修飾主詞，即 The woman talking loudly，接著再放上 be 動詞 is，即組合成 The woman talking loudly is my aunt.

14. Those people ______________________________?

they / did / opinions, / gave / rarely

正解 Those people **rarely gave opinions, did they**?

那些人很少提出意見，對嗎？

解析

1. 這一題主要是考附加問句的用法。
2. 附加問句是用來取得對方的確認、認同。顧名思義是附加在直述句之後，句型為「助動詞或 be 動詞＋代名詞」。要注意的是，代名詞需與直述句的主詞一致。此外，若直述句是肯定，其句尾的附加問句為否定；相反地，若直述句是否定，其句尾的附加問句為肯定。要特別注意的是，若附加問句為否定時，代名詞前的助動詞或 be 動詞需以縮寫方式呈現否定形式。例如：

肯定直述句	附加問句	否定直述句	附加問句
You are...,	aren't you?	It/This/That can't...,	can it?
He/男生名 has...,	doesn't he?	They/These/Those haven't done...,	have they?
She/女生名 ate...,	didn't she?		

3. 直述句中若有否定意義的副詞（如：never, seldom, rarely, hardly,...）時，其附加問句為肯定。本題由句首主詞及句尾的問號，以及選項中的 did，可知是附加問句。找出助動詞及代名詞，即附加問句 did they?。另外，主詞後面應先寫否定副詞 rarely（稀少地），接著寫動詞 gave 及受詞 opinions 來完成直述句。另外在 did they? 之前要加上逗號 (,)。

15. Does the cake ________________________________?

as / it / taste / as sweet / looks

正解 Does the cake **taste as sweet as it looks**?

這蛋糕的味道嚐起來和看起來一樣甜嗎？

解析

1. 這一題主要是考連綴動詞以及 as... as 的用法。
2. 連綴動詞是說明主詞的狀態。表示五感的連綴動詞有 look（看起來）、sound（聽起來）、smell（聞起來）、taste（嚐起來）和 feel（感覺起來）。這些動詞後面接形容詞或 **like＋名詞**。例如：

   The soldiers look brave. 士兵們看起來很勇敢。

   The boy never cleans his room, so it smells like a trash can.
   這個男孩從不打掃房間，所以房間聞起來像垃圾桶。
3. as... as 是常見的同等比較句型，句型之後大多是接「主詞＋助動詞／be 動詞／動詞」。初級英檢中的四種用法如下：

句型	含義	例句
as＋形容詞／副詞原級＋as	和…一樣	I hope everything goes **as** well **as** ever. 我希望每件事如往常一樣順利。

not as＋形容詞／副詞原級＋as	不如…	This job is **not as** simple **as** that one. 這項工作不如那項工作簡單。（not as 可以改為 not so）
倍數＋as＋形容詞／副詞原級＋as	是…的幾倍	His house is twice **as** large **as** mine. 他的房子是我的房子的兩倍。
as＋形容詞＋名詞＋as	和…一樣	The wife makes **as** much money **as** the husband does. 妻子賺的錢與丈夫賺的錢一樣多。

4. 本題在 Does the cake 後應接原形動詞，故為 taste，接著為 as... as＋主詞 it＋動詞 looks。as... as 中間填 sweet，即 as sweet as。

▶▶▶ 第二部分 段落寫作（50%）

注意：未依提示作答者，將予扣分。

題目：某一天放學，Allen 和同學一起搭乘捷運，接下來發生了什麼事？請根據以下的圖片寫一篇約 50 字的短文。注意：未依提示作答者，將予扣分。

看圖描述

初級英檢複試的段落寫作測驗，作答前應先閱讀說明、研究一下圖片內容，找出文章的重點及事件發展的順序，接著判斷時態。大多的段落寫作都是描述已經發生的事情，故多使用過去簡單式或過去進行式。過去進行式是用來描述過去某個特定時刻正在發生或持續的事，考生在使用過去進行式時，應特別注意其搭配的時間副詞或子句。一篇文章，無論長短，都需要有完整的架構—用以說明主題的主旨句、用以支持主題的說明句，以及作為總結的結論句。確定重要的內容後，接著以完整架構來完成文章。以下每一張圖均會列舉出兩組對應的句子。

圖一：可推測事件發生在捷運上，有幾位學生在喧鬧，其他乘客覺得很吵鬧。可聯想的單字有：捷運 the MRT, 學生 students, 喧鬧的 noisy, 乘客 passengers, 無法忍受 can't stand 等等。

1. Some students made a lot of noise on the MRT.
   （一些學生在捷運上大吵大鬧。）
2. A few passengers couldn't stand it.（一些乘客無法忍受。）

圖二：從一位老先生制止學生持續喧鬧的狀況，來推測該老先生對學生的態度和所說的話語。可聯想的單字有：老先生 an elder 或 an old person, 告訴 tell, 停止 stop, 車廂 car, 安靜的 quiet 等等。

1. An old person asked the students to stop that noise.
   （一位老先生要求學生們停止喧鬧。）
2. Everyone should keep quiet in the MRT cars.
   （在捷運車廂內，每個人都應該保持安靜。）

圖三：從學生們不好意思地道歉，來推測學生所做的行為和道歉的內容。可聯想的單字有：感到尷尬 embarrassed, 道歉 apologize, 感到抱歉 feel sorry 等等。

1. Those students felt so embarrassed about their bad behavior.
（那些學生對自己的不良行為感到很尷尬。）
2. They apologized to the old person and all the passengers.
（他們向老人和所有乘客道歉。）

高分策略

善用連接詞除了能使字句表達更完整外，也可以讓文句通順流暢。此外，文章一開始可以先說明事件情境，結尾部分則可以推測可能發生的結果之外，也可以善用轉折語、俚語及片語，使文句豐富，更能得高分。

1. 說明事件情境
捷運上有一些人。
There were some people on the MRT.

2. 透過圖中人事物，推測可能會有的合理反應
每個人在捷運車上都感到平和而舒適。
Everyone felt peaceful and comfortable on the MRT car.

3. 善用片語

一位老先生請學生們降低音量。

An old person asked the students to keep their voices down.

參考範例

One day, Allen took the MRT with his classmates after school. Though there were some people on the MRT car, they still talked loudly. The other passengers couldn't stand their noises. As a result, an elderly man asked Allen and his friends to keep their voices down. They felt embarrassed and said sorry to everyone.（55字）

範例中譯

有一天，艾倫放學後和他的同學一起搭乘捷運。儘管車廂內有一些人，他們仍然大聲說話。其他乘客無法忍受他們的噪音。結果，有一位老先生要求艾倫和他的朋友們將音量降低。他們感到尷尬，並對所有人表示歉意。

文法&句型補充

1. take the MRT 搭乘捷運

也可以將動詞改為 ride。此外，MRT 是 Mass Rapid Transit 的縮寫，表示「大眾捷運系統」，並需用定冠詞 the 接在縮寫之前。而 M 的讀音是 [ɛm]，所以 the 要讀成 [ði]。

Do you ride the MRT to school every day?

你每天都搭乘捷運去學校嗎？

2. 交通工具的介系詞 on 及 in 用法

介系詞	交通工具	例句
on	凡是可以在交通工具內自由走動者，或是在站在交通工具上者皆可用。如：bus, train, subway, plane, ship, bike, scooter 等。	You can get **on** a bus or subway and go everywhere. 你可以搭乘公車或地鐵去任何地方。

in	凡是必須將自己縮進交通工具內者皆可用。如：car, taxi, truck, helicopter 等。	He was excited when he was **in** a helicopter. 當他乘坐直升機時，他感到非常興奮。

3. other 及 another 的用法

單字	字義	用法	例句
another	另一個	當形容詞或名詞使用，用來表示未限定的單數人事物	The store is too crowded, so we have to find **another** store. 這家商店太擁擠了，所以我們必須找到另一家商店。
other	其他的	當形容詞使用，用來形容未限定的單數或複數人事物	If there was any **other** store to go, I'd like to go there. 如果有其他商店可以去，我想去那裡。
the other	其他的	當形容詞或名詞使用，用來形容限定的單數或複數人事物，或代稱單數人事物，表示「對方」或「另一個」	He walked to the **other** side without saying a word. 他不發一語地走到另一邊。 There were two balls for us to choose from. I chose this one and he chose the **other**. 當時有兩顆球讓我們選。我選了這顆，而他選了另一顆。
others	其他的人事物	相當於 other＋複數名詞，故當名詞使用，用來表示未限定的複數人事物	Some houses were damaged, but **others** were not. 一些房屋損壞，而其他房屋則沒有。
the others	其他的	相當於the other＋複數名詞，故當名詞使用，用來表示限定的複數人事物	If you cook dinner, I'll take care of **the others**. 如果你煮晚餐，我就負責其他的事。

4. keep的常見用法

用法	意義	例句
keep＋現在分詞	持續做	They plan to **keep** going in order to achieve their goals. 他們打算繼續進行下去，以實現自己的目標。
keep＋某人／事＋from＋名詞／現在分詞	使（某人／事）免於…	The husband made every effort to **keep** his wife from danger. 丈夫竭盡全力使妻子免受危險。
keep＋某人/事＋形容詞	使（某人／事）保持…狀態	Parents would do everything in their power to **keep** their kids safe. 父母會盡一切努力確保孩子的安全。
keep to oneself	獨處	The shy girl always **keeps to** herself at school. 這個害羞的女孩在學校時總是自己獨處。
keep＋某事＋to oneself	對某事保密	You promised to **keep** my secret **to yourself**. 你答應保守我的祕密。

複試 口說測驗 解析

TEST02_Ans.mp3

第一部分 複誦

共五題。題目不印在試卷上，由耳機播出，每題播出兩次，兩次之間大約有一至二秒的間隔。聽完兩次後，請馬上複誦一次。

1 You shouldn't drink and drive.

你不應該酒後開車。

答題策略

1. **分段記憶**：在朗誦時，由於看不到題目，只能憑聽的記憶再唸出來，因此在聽的時候最好是一段一段依詞組來分段記憶，免得一字一字記憶時會記得前面忘記後面。考生平時練習時，應將所聽到的單字詞組再三的重複，以使單字詞組在記憶中內化。複誦雖然句子不長，但是將句子依詞組分段，可以幫助考生理解語意及文法；同時，在記憶的過程中記得子音及語調，有助於答題的表現。一開始會先聽到題號，接著才是複誦內容。本句聽取時可按以下的方式**分段記憶**（| 代表分段）：

   You shouldn't | drink and drive.

2. **耳聽注意事項**：

   (1) 唸縮寫字 shouldn't 時，should 的字尾是子音 d，連接 nt 的音之後，整個字聽起來就變成 [`ʃʊ dnt]。

   (2) drink and drive 由於連音的關係，聽起來像是 drin kan drive。聆聽句子時，考生要學會理解並分辨子音，耳聽時才不容易出錯。

   (3) 聆聽時應同時注意語調，本句為直述句，語調不會上揚。

3. **複誦注意事項**：

   複誦時不需讀出題號。

   發音：drink 字尾 k 為子音，and 字首 a 為母音，故 drink and 可連音為 drin kand。而 and 字尾是 d，drive 字首也是 d，and drive 會連音為 andrive。因此 drink and drive 連音唸法是 drin kandrive。

重音：一般而言，助動詞不會被強調，但 shouldn't 這個助動詞用在表示否定的「不應該」時，要唸成重音，以作為強調。

2 Hold on a minute, please.

請稍等一下。

答題策略

1. 分段記憶：本句聽取時可按以下的方式分段記憶（| 代表分段）：

   Hold on a minute, | please.

2. 耳聽注意事項：

   (1) Hold on a minute 是一個片語，故需當作一個詞組來記憶。Hold on a minute 由於連音的關係，聽起來像是 Hol donaminute，聆聽句子時，考生要能理解並分辨出子音，耳聽時才不容易出錯。

   (2) 聆聽時應同時注意語調，本句為祈使句，語調應下降。

3. 複誦注意事項：

   發音：Hold 字尾 d 為子音，on 字首 o 為母音，可以連音為 Hol don。on 字尾 n 為子音，a 為母音，on a 二字可以連音為 ona。故 Hold on a 可以連音為 Hol dona。minute 的字尾音 t 複誦時不可省略。

   語調：minute 後有逗號，故語調不可下降，需等到唸出 please，語調才可以下降。

3 It's likely to rain tomorrow.

明天可能會下雨。

答題策略

1. 本句聽取時可按以下的方式分段記憶（| 代表分段）：

   It's likely | to rain tomorrow.

2. 耳聽注意事項：

   (1) It's 是 It is 的縮寫，因此中間的 t 的聲音很輕，容易被忽略。聆聽句子時，應注意文法概念，若誤聽為 Is，句子就沒有主詞了。

(2)聆聽時應同時注意語調，本句為一般直述句，語調應下降。

3. 複誦注意事項：

發音：It's 正確的讀音是 [ɪts]，is 正確的讀音是 [ɪz]，故中間的 t 複誦時不可省略。tomorrow 正確的讀音是 [tə`mɔro]，[tə] 要注意不可以讀成 [to]。

4 My niece failed the tests.

我的侄女未能通過考試。

答題策略

1. 本句聽取時可按以下的方式分段記憶（| 代表分段）：

My niece | failed the tests.

2. 耳聽注意事項：

(1)failed 是過去式，字尾 d 的聲音很輕，容易被忽略。聆聽句子時，請注意文法時態，主詞 my niece 是第三人稱單數，若是現在式，動詞應為 fails[felz]。

(2)tests 是複數名詞，字尾 ts 的聲音很輕，容易被忽略，複誦時也應特別注意。

(3)聆聽時應同時注意語調，本句為一般直述句，語調應下降。

3. 複誦注意事項：

發音：failed 正確的讀音是 [feld]，尾音的 d 雖然是有聲子音，但平時練習時只振動聲帶小小聲發出 d 音即可，只有在慢慢唸、要強調時才會發出聲音。

5 I guess they've forgotten about it.

我想他們已經忘記了。

答題策略

1. 本句聽取時可按以下的方式分段記憶（| 代表分段）：

I guess | they've forgotten about it.

2. 耳聽注意事項：

(1) they've 是現在完成式，字尾 ve 的聲音很輕，容易被忽略。聆聽句子時，要同時注意到文法時態，因後面接過去分詞 forgotten，可推測主詞和助動詞縮寫成 they've。

(2) 耳聽時應注意連音，本句會聽成 forgo tena bou tit，能夠練習到聽懂連音規則的話，就能明白這是 forgotten about it。

(3) 聆聽時應同時注意語調，本句為一般直述句，語調應下降。

3. 複誦注意事項：

發音：they've 正確的讀音是 [ðev]，尾音的 v 雖然是有聲子音，但平常在說話時，就只要稍微震動聲帶，將聲音從唇齒的縫隙送出，小小聲唸出 v 音即可。

連音：forgotten 字尾 n 為子音，about 字首 a 為母音，forgotten about 可連音為forgo tenabout。about 字尾 t 為子音，it 字首 i 是母音，about it 可連音為abou tit。故 forgotten about it 以連音唸為 [fɚ`gɑ tnə`baʊ tɪt]。

▶▶▶ 第二部分 朗讀句子與短文

共有五個句子及一篇短文，請先利用一分鐘的時間閱讀試卷上的句子與短文，然後在一分鐘內以正常的速度，清楚正確的朗讀一遍。閱讀時請不要發出聲音。

1 Could you speak more slowly?

你能說得再慢一點嗎？

高分解析

1. 朗讀句子與短文時，考生只會看到英文文字，無法像「複誦」一樣聽到音檔，所以無法照樣模仿，得自己想像句子該怎麼唸。在一分鐘的準備時間內，考生應善用這一分鐘時間好好地確認每個字的發音、句子該如何斷句、哪幾個單字必須強調、語調的高低都要在唸的時候先考慮好。句子中需要唸成重音的單字有名詞、動詞、形容詞、副詞等，不唸重音的字則有冠詞、介系詞、助動詞、情態動詞等。以下幫各位讀者將本句的斷句、要強調重音的單字及語調標示出來。

2. 本句的斷句（以｜表示）、強調單字（以粗體字及底線表示）及語調（以⬀表上升，⬂表下降）如下：
Could you ⬀ | speak more **<u>slowly</u>**? ⬀

3. 為了唸得流利，多運用連音技巧有助於發音，could 的字尾 d，能和後面的 you，連音唸作 [kʊ dʒju]。

4. 這一句是一般疑問句，句尾語調需要上揚。

｜單字｜**slowly** [`slolɪ] 緩慢地

2 My father irons his shirt and trousers every morning.

我父親每天早上熨燙他的襯衫和長褲。

高分解析

1. 本句的斷句（以 | 表示）、強調單字（以粗體字及底線表示）及語調（以⬀表上升，⬂表下降）如下：
My father irons his **shirt** | and **trousers** every **<u>morning</u>**.

2. irons his 中的 his 字首為 h，h 音會消失並連音唸作 [`aɪɚn zɪz]。

3. and 是常用的連接詞，加上只有一個音節，所以平常講話因速度快時，為了增加流暢度，and 經常被弱化讀成 [ənd]。

4. trousers 字尾 s 為子音，every 字首 e 為母音，trousers every 可連音為 trouser severy。

5. 這一句是肯定句，句尾語調應下降。

｜單字｜**iron** [`aɪɚn] 熨燙 / **shirt** [ʃɝt] 襯衫 / **trousers** [`traʊzɚz] 褲子 / **morning** [`mɔrnɪŋ] 早晨

3 The boy has to see a dentist on January 21.

這個男孩必須在 1 月21日去看牙醫。

高分解析

1. 本句的斷句（以 | 表示）、強調單字（以粗體字及底線表示）及語調（以↗表上升，↘表下降）如下：
   The boy has to see a **dentist** ↗ | on January **twenty-first**.↘
2. 表達日期時，須將數字的唸法以序數唸出。日期所使用的序數如下：

1 first	2 second	3 third	4 fourth	5 fifth
6 sixth	7 seventh	8 eighth	9 ninth	10 tenth
11 eleventh	12 twelfth	13 thirteenth	14 fourteenth	15 fifteenth
16 sixteenth	17 seventeenth	18 eighteenth	19 nineteenth	20 twentieth
21~29 為 twenty＋1~9 的序數，如 21 為 twenty-first			30 thirtieth	31 thirty-first

3. 這一句是肯定句，句尾語調應下降。

| 單字 | **dentist** [ˋdɛntɪst] 牙醫 / **January** [ˋdʒænjʊˌɛrɪ] 一月 / **twenty** [ˋtwɛntɪ] 二十 / **first** [fɝst] 第一

4 There is a beautiful bridge in the small town.

這個小鎮上有一座美麗的橋。

高分解析

1. 本句的斷句（以 | 表示）、強調單字（以粗體字及底線表示）及語調（以↗表上升，↘表下降）如下：
   There is a beautiful **bridge** ↗ | in the small **town**.↘
2. There is 也會產生連音，要注意 There 的尾音 [r] 需和 [ɪs] 連音唸出，讀做 There is [ðɛ rɪs]。由於 is 又可和 a 連音讀出，所以 There is a 可以唸做 [ðɛ rɪ zə]。

3. 這一句是肯定句，句尾語調應下降。

| 單字 | **beautiful** [`bjutəfəl] 美麗的 / **bridge** [brɪdʒ] 橋樑 / **small** [smɔl] 小的 / **town** [taʊn] 市鎮

5 You are planning to climb a mountain, aren't you?
你打算爬山，不是嗎？

高分解析

1. 本句的斷句（以 | 表示）、強調單字（以粗體字及底線表示）及語調（以⬀表上升，⬂表下降）如下：
   - You are planning to | climb a **mountain**,⬀ | aren't you? ⬀ 句尾尾音上揚表示說話者對自己所說的內容不肯定。
   - You are planning to climb a **mountain**,⬀ | aren't you? ⬂ 句尾尾音下降表示說話者對自己所說的內容肯定。

2. 要特別注意 climb 和 mountain 這兩個字的發音。climb 的 b 不發音，而 mountain 的美式口語發音 t 通常不發音，讀做 [`maʊn-ən]。

3. climb a 和 aren't you 應以連音讀出。故 climb a 唸起來像是 [klaɪmə]，aren't you 唸起來像是 [ɑrntʃu]。

| 單字 | **planning** [`plænɪŋ] 計畫（**plan** 的現在分詞）/ **climb** [klaɪm] 攀登 / **mountain** [`maʊntn] 山脈

6

When you are down, what do you do to make yourself feel better? First, you can try to clean your space. It can wipe away your stress. Second, you may listen to some great music. They can calm you down. Third, you can drink more water or eat something healthy. Finally, the most important but simple way is to take several deep breaths.

當你情緒低落時，做什麼事情會讓自己感覺好些呢？首先，你可以嘗試打掃你的空間。它可以消除壓力。第二，你可以聽聽一些很棒的音樂。它們可以讓你平靜下來。第三，可以多喝水或吃一些健康的東西。最後，最重要但最簡單的方法就是做幾個深呼吸。

高分解析

1. 本句的斷句（以 | 表示）、強調單字（以粗體字及底線表示）及語調（以⬀表上升，⬂表下降）如下：
   When you are **down**, ⬀ | what do you do ⬀ | to make yourself feel **better**? ⬂ | **First**, ⬀ | you can try to clean your **space**. ⬂ | It can wipe away your **stress**. ⬂ | **Second**, ⬀ | you may listen to ⬀ | some great **music**. ⬂ | They can calm you **down**. ⬂ | **Third**, ⬀ | you can drink more **water** ⬀ | or eat something **healthy**. ⬂ | **Finally**, ⬀ | the most important but simple **way** is ⬀ | to take several deep **breaths**. ⬂

2. calm 的 l 不發音，讀做 [kɑm]。

3. important 和 mountain 的美式口語發音一樣，這裡的 t 通常在美式發音是不出聲音，讀做 [ɪm`pɔr-ənt] 和 [`maʊn-ən]。

4. yourself feel, wipe away, most important 應以連音讀出。故 yourself feel 唸起來像是 [jʊɚ`sɛlfil]，兩個 f 音會黏在一起；wipe away 唸起來像是 [waɪpə`we]；most important 唸起來像是 [mostɪm`pɔr-nt]。

5. what do you do，第一個 do 和 you 兩字都是字母短的單字，且在本句中並不是重要單字，因此在發音上會弱化成 [də] 和 [jə]。又因 what 的字尾 t 音通常不會唸出來，所以唸起來會像是 [hwadə]，故 what do you do 唸起來像

是 [hwɑdə jə do]。

| 單字 | **yourself** [jʊə`sɛlf] 你自己 / **first** [fɝst] 第一，首先 / **space** [spes] 空間 / **wipe away** 擦去 / **stress** [strɛs] 壓力 / **second** [`sɛkənd] 第二，其次 / **listen to**注意聽 / **music** [`mjuzɪk] 音樂 / **calm down** 平靜下來 / **third** [θɝd] 第三 / **healthy** [`hɛlθɪ] 有益於健康的 / **finally** [`faɪnḷɪ] 最後 / **important** [ɪm`pɔrtnt] 重要的 / **simple** [`sɪmpḷ] 簡單的 / **way** [we] 方法 / **several** [`sɛvərəl] 幾個的 / **deep** [dip] 深的 / **breath** [brɛθ] 呼吸

▶▶▶ 第三部分 回答問題

共七題。題目不印在試卷上，由耳機播出，每題播出兩次，兩次之間大約有一至二秒的間隔。聽完兩次後，請馬上回答，每題回答時間為 15 秒，回答時不一定要用完整的句子，但請在作答時間內儘量的表達。

1 Have you ever accidentally sent the wrong message to anyone? What did you say?

你曾不小心發送錯誤訊息給任何人過嗎？你當時說了什麼？

答題策略

由句首 Have you ever... 可以判斷這是一般疑問句，亦即 Yes/No 問句。回答時要特別注意時態，應以現在完成式回答。而緊接的第二個問題是 What did...?，回答時則以過去式簡單式回答即可。考生若是回答有，除了說明訊息內容之外，也可以說明是對什麼樣的人發送的訊息，對方收到訊息的反應等。若是回答沒有，則可以說明為什麼沒有，也可以談談自己曾經收到錯誤訊息的經驗。

回答範例 1

No, I haven't. I usually double-check what I sent and whom I sent to because I got the wrong messages several times. It was so embarrassing. I would not let it happen to me.

不，我沒有。我通常會仔細檢查我發送的內容和發送給誰，因為我好幾次收到錯誤的訊息。真是尷尬。我不會讓這件事發生在我身上。

回答範例 2

Yes, I texted the wrong message to my best friend last week. I mistyped the meeting time to 5:50. In fact, I expected to meet him at 5:00. As a result, I waited for him for 50 minutes.

是的，我上週給我最好的朋友發了一條錯誤的訊息。我誤將見面時間打成 5:50。實際上，我原本希望在 5:00 跟他見面。結果，變成我等他等了 50 分鐘。

重點補充

如果不知道什麼是 accidentally，其實並不會影響回答。message 並不限於文字，voice message（語音訊息）也是一種很普遍的訊息。考生若有以語音訊息誤傳給其他人的經驗，也可以就此經驗回答。

Yes, I have sent wrong messages several times. Yesterday, I recorded a sweet love voice message for my boyfriend and then sent it. Luckily, the voice message was sent to my mom instead of to my boss.

是的，我多次發送錯誤的訊息。昨天，我為我男友錄了一則愛心留言，並傳了出去。幸運的是，那則語音訊息是發送給我媽，而不是我的老闆。

2 Which do you use more, a cell phone or a computer? Why?

你比較常用哪一個，手機還是電腦？為什麼？

答題策略

由句首 Which do..., a cell phone or a computer? 可知是問平常的使用習慣，故需以現在式回答。由於是 Which 選擇疑問句，所以在回答時要選擇其中一項來回答。無論是選擇手機或電腦，除了要說明較常使用的原因和用途之外（例如：工作需要），也可以說明不常使用另一項的原因。

回答範例 1

I use my cell phone all the time. I use it to play online games, read posts on Instagram, and chat with my friends. It is much more convenient. Actually, I can't live without my cell phone.

我一直都用手機。 我用它來玩線上遊戲、讀 Instagram 上的貼文，以及與朋友聊天。它比較方便。實際上，我離不開手機。

回答範例 2

I use a computer more. There are so many projects and reports I need to do. It's easier to use a computer for research and work. Besides, the screen of a cell phone is too tiny.

我使用電腦較多。我需要做很多案子和報告。用電腦來做研究和工作容易多了。此外，手機的螢幕太小了。

重點補充

若兩種都不常使用，也可以回答兩者皆非。除了說明原因之外，也可以說明較常使用的科技產品為何，如 ipad/tablet 平板電腦。由於英檢初級報考者很多都是中小學生，無法使用手機或電腦的原因有可能是因為家長不允許，或是平常沒有時間使用等等。

Neither of them. I am too young to own a cell phone or a computer. My parents think I shouldn't spend my time on them. And using either of them is bad for my eyes.

兩樣都沒有。我還太小，無法擁有手機或電腦。我的父母認為我不應該花時間在這兩樣東西上。而且使用任何一種產品，對我的眼睛都是有害的。

3 Who is the best friend you have ever had? What is he or she like?

你曾經最好的朋友是誰？他／她是個怎麼樣的人？

答題策略

由句首 Who is..? 可知是問人物身分的疑問句，凡是以 Wh- 或 How 為句首的疑問句，往往不能以 Yes 或 No 回答，而是針對所問的內容直接回答。本題尚有第二個問題，須依第一個問題所回答到的人物做補充說明。要特別注意的是，What is he or she like? 是在問其個性及人格特質等各方面的想法，而 What does he or she look like? 是問其外表長相，至於 What does he or she like? 是問其喜歡什麼。這三個問句中雖然都有 like，但 be like 和 look like 中的 like 都是當介系詞，只有最後一個問句的 like 是做動詞用。

回答範例1

My best friend is my elementary classmate. She is charming and clever. She watches the same TV shows and movies as I do. We always talk about them and share our opinions when we get together.

我最好的朋友是我的小學同學。她很迷人也很聰明。她和我都看一樣的電視節目和電影。我們在一起時總是會談論它們，並分享我們的意見。

回答範例2

My best friend is a private person. He doesn't like people talking about him. He was my first friend when I was in junior high school. We've been friends for over five years.

我最好的朋友是一個重視隱私的人。他不喜歡別人談論他。當我上國中時，他是我的第一個朋友。我們成為朋友已經超過五年。

重點補充

好友並不限只能有一位，也可以回答有兩位以上的好朋友，並分別介紹他們的個性及人格特質。同樣的，也可以說明平時與好友的互動與共同興趣等等。

I have two best friends, Andrew and Ben. Andrew is talkative and active, and Ben is kind of funny. We all have the same interests and hobbies, so we usually hang out on weekends.

我有兩個最好的朋友，安德魯和班。安德魯健談又活躍，而班則有點有趣。我們都有相同的興趣和嗜好，所以我們通常在周末一起出去玩。

4 Do you think we should sort our waste? Why?

你認為我們應該垃圾分類嗎？為什麼？

答題策略

由句首 Do you think... 可知是問想法的一般疑問句，以 Yes 或 No 回答之後，再說明原因和理由。因為是表達觀念和想法，使用現在簡單式回答即可。waste 當名詞使用時，也可以是垃圾，其同義字還有 trash、garbage。這題是針對垃圾分類來出題，所以你的回答如果是 Yes，接著可針對分類的必要性和好處做說明，例如：It is an important step for recycling reusable products.（這是回收可重複使用產品的重要步驟。）

回答範例 1

Yes, there is so much trash all over the place. It leads to environmental problems. By sorting the waste, we can cut down our trash. As a result, the government can deal with less waste.

是的，到處都有許多垃圾。這會導致環境問題。透過垃圾的分類，我們可以減少垃圾。如此一來，政府就可以減少垃圾的處理。

回答範例 2

Sure. Everyone should sort our waste. If we can sort the waste correctly, the garbage collectors can be safer when they take care of the trash. The most important thing is that we can protect the Earth.

當然。每個人都應該對垃圾進行分類。如果我們可以正確地把垃圾分類，清潔人員在處理垃圾時會更安全。最重要的是我們可以保護地球。

重點補充

若考生一時很難說明為什麼要垃圾分類，可以運用語助詞，或再次提及題目的內容，以替自己爭取時間思考。也可以說明如何進行分類，如此也能間接地解釋原因。

Well, it is a hard question to answer. People say that we should sort the waste. I usually sort plastic, paper, and cans so that they can be recycled and reused. This way we can reduce waste.

嗯，這是一個很難回答的問題。人們說我們應該對垃圾進行分類。我通常對塑膠、紙張和罐頭進行分類，以便將它們回收再利用。這樣我們可以減少垃圾。

5 When was the last time you traveled with your family? Where did you go?

你上一次和家人一起旅行是什麼時候？你們去了什麼地方？

答題策略

由句首 When was...? 和 Where did...? 可知是針對上一次與家人去旅行的「時間」及「地點」之疑問句，因此回答時需使用過去式。除了回答時間和地點外，也可以運用 5W1H 的技巧，說明去旅行的交通方式，以及所做的一些活動。例如：嚐到特別的食物、到了某個景點的感想等等。由於描述的都是前一次的事情，所以表達時都應該用過去式回答。

回答範例1

Last summer, we went to Thailand. It was my first time taking an airplane, so I was so excited. We ate some delicious food, and I even rode an elephant. We had a great time there.

去年夏天，我們去了泰國。這是我第一次坐飛機，所以我很興奮。我們吃了一些美味的食物，我甚至還騎著大象。我們在那裡度過了快樂的時光。

回答範例2

It was in January. My father drove us around Taiwan. We visited many famous spots. I liked the beach in Kenting the most. Though it was in winter, it was sunny and warm there.

那是在一月份。爸爸開車載我們到台灣各地。我們去了許多著名景點。我最喜歡墾丁的海灘。雖然是冬天，但那裡陽光明媚。

重點補充

也許已經很久沒有跟家人出去旅遊了，一時之間無法想起上一次去旅遊的時間與地點，這時可以回答很久沒有家庭旅遊的原因。回答時要注意時態，若是針對平常很難出去旅遊，要用現在簡單式回答；若是提到以前沒有機會出遊，則用過去簡單式。

It was a long time ago. I can't remember when or where. Everyone is so busy that we don't have time to take a family trip. I usually stay at home on weekends and vacations.

那是很久以前的事了。我不記得是何時何地了。每個人都很忙，以至於我們沒有時間跟家人去旅行。周末和放假期間，我通常待在家裡。

6 If someone takes your seat on the train, what will you say to that person?

如果在火車上，有人坐在你的座位上，你會對那個人說什麼？

答題策略

這是用假設語氣的題目，回答時需注意時態：If＋主詞＋現在式, 主詞＋will未來式。不過如果你是直接引用你對那個人所說的話時，則不需使用假設語氣句型，直接使用現在式說明。一般來說，有人誤坐了你的座位時，對不認識的人所說的話一開始通常會是禮貌的用語，如：Pardon me.。

回答範例1

I will probably take out my ticket and check it out first. If the seat is mine, I will show it to the person and say, "Excuse me. This is my seat. Could you please move?"

我可能會拿出我的票並先檢查。如果座位是我的，我會給那個人看，然後說：「對不起。這是我的位子。能請你離開嗎？」

回答範例2

I'm terribly sorry, but I believe you are sitting in my seat. Would you mind giving it back to me, please? Thank you. But if you think this is your seat, I will let you check my ticket.

非常抱歉，但是我想你坐到我的位子了。你介意把座位還給我嗎？謝謝你。但如果你認為這是你的座位，我來讓你看看我的車票。

重點補充

如果針對這種狀況，所想到可以表達的內容不夠多的話，也可以回想自己或他人的經驗，以過去式做回答及説明。

I think I will say, “I’m afraid you are taking my seat.” Actually, it happened last week. When I found my seat on the train, there was a woman sitting in my seat. I told her that, and then she moved away.

我想我會説：「你好像坐到我的位子了。」實際上，這件事就發生在上週。當我在火車上找到座位時，有一位女生坐在我的座位上。我告訴她那一句話，她就離開了。

7 When your friends tell you about their problems, what do you do?

當你的朋友告訴你他們的問題，你會怎麼做？

答題策略

回答時可以用現在簡單式來説明平時的反應及行為，但也可以用助動詞 will, can, may, might 接原形動詞，來表示未來若遇到這樣的情形時會有的行為反應。對於可能對朋友所説的話語，可以用直接引述或間接引述來説明。

回答範例 1

I usually listen and hear them out first. After that, I provide some suggestions to them. Then, we discuss what might happen in different kinds of situations. In the end, I let my friends make their decision.

我通常會先聆聽，聽到他們説完。之後，我向他們提供一些建議。然後，我們針對在不同情況下可能會發生的情況上做討論。最後，我讓我的朋友們做出決定。

回答範例2

I will use their words to speak with them. It can show that I am listening. Then, I will say, “I feel sorry for you. Is there anything I can do to help you?”

我會用他們所說的話跟他們談。如此一來可表示我有認真在聽。然後我會說：「我為你感到抱歉。有什麼我可以幫助你的嗎？」

重點補充

若沒有遇過他人向自己述說困難、尋求協助的經驗，又一時想不到自己會做的行為或反應時，也可以回想自己向別人訴說問題時，所獲得到的協助。此時，以過去式做回答及說明。

I don’t have that experience, but one of my friends helped me when I told her about my problem. She held my hand and looked into my eyes while I was talking. It made me feel better.

我沒有那種經驗，但當我告訴我的一位朋友我的問題時，她幫了我。當我說話時，她握住我的手，看著我的眼睛。這讓我感覺好多了。

全民英語能力分級檢定測驗

初級寫作能力測驗

第三回　寫作能力測驗答題注意事項

1. 本測驗共有兩部分。第一部分為單句寫作，第二部分為段落寫作。測驗時間為 40 分鐘。

2. 請利用試題紙空白處擬稿，但正答務必書寫在「寫作能力測驗答案紙」上。在答案紙以外的地方作答，不予計分。

3. 第一部分單句寫作請自答案紙第一頁開始作答，第二部分段落寫作請在答案紙第二頁作答。

4. 作答請勿隔行書寫，請注意字跡應清晰可讀，並保持答案紙之清潔，以免影響評分。

5. 未獲監試人員指示前，請勿翻閱試題紙。

6. 測驗時，不得在准考證或其他物品上抄題，亦不得有傳遞、夾帶小抄、左顧右盼或交談等違規行為。

7. 意圖或已經將試題紙攜出試場者，五年內不得報名參加本測驗。請人代考者，連同代考者，三年內不得報名參加本測驗。

8. 測驗結束時，須立即停止作答，在原位靜候監試人員收回全部試題紙及答案紙，清點無誤後，宣佈結束始可離場。

9. 應試者入場、出場及測驗中如有違反上列規則或不服監試人員之指示者，監試人員得取消其應試資格並請其離場，且作答不予計分。

第一部分：單句寫作（50%）

請將答案寫在答案紙上對應的題號旁，如有文法、用字、拼字、標點符號、大小寫等之錯誤，將予扣分。

第 1～5 題：句子改寫

請依題目之提示，將原句依指定形式改寫，並將改寫的句子**完整**地寫在答案紙上。***注意：每題均需寫出完整的句子，否則將予扣分。***

> 例：第一句：The book is pink.
> 第二句：It ________________.
> 在答案紙上寫：***It is pink***.

1. We will get to Hualien by train.
   We will take ____.

2. Will I pass the GEPT exam this time?
   I'm not sure if ____.

3. It is exciting to watch a football game.
   Watching ____ exciting.

4. I usually spend two hours doing my homework.
   It ____ to do my homework.

5. The last time I saw her was two years ago.
   It has been ____ I saw her.

第 6～10 題：句子合併

請依題目之提示，將兩句合併成一句，並將合併的句子**完整**地寫在答案紙上。***注意：每題均需寫出完整的句子，否則將予扣分。***

例：Mary has a cell phone.
The cell phone is red.
題目： Mary ________________________ phone.
在答案紙上寫：***Mary has a red cell phone***.

6. My sister cooked dinner.
My grandma taught her how to do it.
My grandma taught my sister ________________________ dinner.

7. The boy ate the whole cake.
He also drank all the soda.
Not only ________ the whole cake, but he also ________________.

8. The scooter is expensive.
The car is more expensive.
The car is much ________________________ than the scooter.

9. He learned to play the piano.
He learned it when he was fifteen years old.
He didn't ________________ until he was ________________.

10. Lisa woke up in the morning.
She saw the flowers.
Lisa ________________ as soon as ________________ in the morning.

第 11～15 題：重組

請將題目中所有提示的字詞整合成一有意義的句子，並將重組的句子完整地寫在答案紙上。***注意：每題均需寫出完整的句子。答案中必須使用所有提示的字詞，且不能隨意增減字詞及標點符號，否則不予計分。***

例：題目：They ________________ .

Jack / me / call

在答案紙上寫：***They call me Jack.***

11. Did you ______________________________ just now?

ground / shake / the / feel

12. I know ______________________________ well.

who / a / speak / can / Chinese / foreigner

13. They spent ______________________________ the trip.

dollars / a million / than / more / on

14. She has ______________________________ a child.

in / was / Taiwan / since / she / been

15. Nothing is ______________________________ hard enough.

you / if / try / impossible

第二部分：段落寫作（50%）

題目：Mary 到公園遛狗，遇上了一位朋友。他們在聊天的時候，小狗不見了。Mary 到處尋找她的小狗，原來小狗跑去跟一隻兔子玩在一起。請根據這些圖片寫一篇約 50 字的短文。***注意：未依提示作答者，將予扣分。***

全民英語能力分級檢定測驗

初級寫作能力測驗答案紙

第一部分（請依題目序號作答，並寫出完整的句子）

1. ______________________________ 1

2. ______________________________ 2

3. ______________________________ 3

4. ______________________________ 4

5. ______________________________ 5

6. ______________________________ 6

7. ______________________________ 7

8. ______________________________ 8

9. ______________________________ 9

10. ______________________________ 10

第 1 頁

請翻至第 2 頁繼續作答

11. 11

12. 12

13. 13

14. 14

15. 15

第二部分（請由此開始作答，勿隔行書寫。）

5

10

第 2 頁

寫作能力測驗級分說明

第一部分：單句寫作級分說明

級分	說　明
2	正確無誤。
1	有誤，但重點結構正確。
0	錯誤過多、未答、等同未答。

第二部分：段落寫作級分說明

級分	說　明
5	正確表達題目之要求；文法、用字等幾乎無誤。
4	大致正確表達題目之要求；文法、用字等有誤，但不影響讀者之理解。
3	大致回答題目之要求，但未能完全達意；文法、用字等有誤，稍影響讀者之理解。
2	部分回答題目之要求，表達上有令人不解/誤解之處；文法、用字等皆有誤，讀者須耐心解讀。
1	僅回答 1 個問題或重點；文法、用字等錯誤過多，嚴重影響讀者之理解。
0	未答、等同未答。

各部分題型之題數、級分及總分計算公式

分項測驗	測驗題型	各部分題數	每題級分	佔總分比重
第一部分：單句寫作	A.句子改寫	5 題	2 分	50%
	B.句子合併	5 題	2 分	
	C.重組	5 題	2 分	
第二部分：段落寫作	看圖寫作	1 篇	5 分	50%
總分計算公式	公式：{(第一部分得分/30)＋(第二部分得分/5)}×50 例：　第一部分得分　A－8 分　B－10 分　C－8 分 8+10+8=26 三項加總第一部分得分　－　26 分 第二部分得分　－　4 分 依公式計算如下： {(26/30)+(4/5)}×50=83 該考生得分 83 分			

第三回　口說能力測驗答題注意事項

1. 本測驗問題由耳機播放，回答則經麥克風錄下。分複誦、朗讀句子與短文、回答問題三部分，時間共約十分鐘，連同口試說明時間共需約五十分鐘。

2. 第一部分複誦的題目播出兩次，聽完兩次後，立即複誦一次。第二部分朗讀句子與短文有一分鐘準備時間，請勿唸出聲音，待聽到「請開始朗讀」，再將句子與短文唸出來。第三部分回答問題的題目播出兩次，聽完第二次題目後請在作答時間內盡量的表達。

3. 錄音設備皆已事先完成設定，請勿觸動任何機件，以免影響錄音。測驗時請戴妥耳機，將麥克風調到嘴邊約三公分處，聽清楚說明，依指示以適中音量回答。

4. 請注意測驗時不可在答案紙上畫線、打"✓"或作任何記號；不可在准考證或其他物品上抄題；亦不可有傳遞、夾帶小抄、左顧右盼或交談等違規行為。

5. 意圖或已將試題紙或試題影音資料攜出或傳送出試場者，視同侵犯本中心著作財產權，限五年內不得報名參加「全民英檢」測驗。請人代考，連同代考者，三年內不得報名參加本測驗。

6. 測驗結束時，須立即停止作答，在原位靜候監試人員收回全部試題紙並清點無誤後，等候監試人員宣布結束後始可離場。

7. 入場、出場及測驗中如有違反上列規則或不服監試人員之指示者，監試人員將取消您的應試資格並請您離場，且測驗成績不予計分，亦不退費。

全民英語能力分級檢定測驗

初級口說能力測驗

TEST03.mp3

請在 15 秒內完成並唸出下列自我介紹的句子：

My seat number is（複試座位號碼）, and my test number is（初試准考證號碼）.

第一部分：複誦

共五題。題目不印在試卷上，由耳機播出，每題播出兩次，兩次之間大約有一至二秒的間隔。聽完兩次後，請馬上複誦一次。

第二部分：朗讀句子與短文

共有五個句子及一篇短文，請先利用一分鐘的時間閱讀試卷上的句子與短文，然後在一分鐘內以正常的速度，清楚正確的朗讀一遍。閱讀時請不要發出聲音。

One: He dropped the cup, and it broke into pieces.

Two: If you decide to join us, just give me a call.

Three: Excuse me. I need to get off at the next stop.

Four: Who would like to tell me the answer to this question?

Five: You can choose any color you like.

Six: Here's our plan for tomorrow. I will go to the bakery and buy a cake for Dad. You will have to buy him a present. Remember to ask the clerk to wrap it up nicely. We will light the candles on the cake and sing him a birthday song. He will be surprised.

第三部分：回答問題

共七題。題目不印在試卷上，由耳機播出，每題播出兩次，兩次之間大約有一至二秒的間隔。聽完兩次後，請馬上回答，每題回答時間為 15 秒，回答時不一定要用完整的句子，但請在作答時間內儘量的表達。

請將下列自我介紹的句子再唸一遍：

My seat number is（複試座位號碼）, and my test number is（初試准考證號碼）.

口說能力測驗級分說明

評分項目（一）：發音、語調和流利度（就第一、二、三部分之整體表現評分）

級分	說　明
5	發音、語調正確、自然，表達流利，無礙溝通。
4	發音、語調大致正確、自然，雖然有錯但不妨礙聽者的了解。表達尚稱流利，無礙溝通。
3	發音、語調時有錯誤，但仍可理解。說話速度較慢，時有停頓，但仍可溝通。
2	發音、語調常有錯誤，影響聽者的理解。說話速度慢，時常停頓，影響表達。
1	發音、語調錯誤甚多，不當停頓甚多，聽者難以理解。
0	未答或等同未答。

評分項目（二）：文法、字彙之正確性和適切性（就第三部分之表現評分）

級分	說　明
5	表達內容符合題目要求，能大致掌握基本語法及字彙。
4	表達內容大致符合題目要求，基本語法及字彙大致正確，但尚未能自在運用。
3	表達內容多不可解，語法常有錯誤，且字彙有限，因而阻礙表達。
2	表達內容難解，語法錯誤多，語句多呈片段，不當停頓甚多，字彙不足，表達費力。
1	幾乎無句型語法可言，字彙嚴重不足，難以表達。
0	未答或等同未答。

發音、語調和流利度部分根據第一、二、三部分之整體表現評分，文法、字彙則僅根據第三部分之表現評分，兩項仍分別給 0~5 級分，各佔 50%。

計分說明

某考生各項得分如下面表格所示：

評分項目	評分部分	得分
發音、語調、流利度	第一、二、三部分	4
文法、字彙之正確性和適切性	第三部分	3

百分制總分之計算：(4＋3)×10 分＝70 分

第3回

複試 寫作測驗 解析

第一部分 單句寫作 （50%）

請將答案寫在答案紙上對應的題號旁，如有文法、用字、拼字、標點符號、大小寫等之錯誤，將予扣分。

第 1～5 題：句子改寫

1. We will get to Hualien by train.
我們將搭火車到花蓮。

We will take ______________________________.

正解 We will take **a train to Hualien**.
我們將搭火車到花蓮。

解析

1. 這題考的是把「by + 交通工具」改為「take a + 交通工具」。
2. 從第二句的 We will take 可知，後面要寫受詞。第一句和第二句的主詞和助動詞都一樣，差別在動詞，這時要注意到「take a + 交通工具」的用法，所以動詞片語部分是 take a train。
3. 「take a + 交通工具」後面直接加「to + 地點」，以表示要去的地方。
4. 另外，要注意到 by 和交通工具之間不需要加冠詞，而 take 和交通工具之間要接冠詞 a/an。
5. by train 是一個介系詞片語，通常放在句尾，take 是動詞，用在主詞後面，即 We will take a train。

補充說明

用 take 來說明所搭乘的交通工具時，搭火車 take a train、搭飛機 take a plane、搭公車 take a bus 都用不定冠詞 a，不過 take the MRT（搭捷運）和 take the subway（搭地鐵），要用定冠詞 the。

2. Will I pass the GEPT exam this time?

我這次會通過全民英檢的考試嗎？

I'm not sure if ______________________________.

正解 I am not sure if **I will pass the GEPT exam this time**.

我不確定我這次是否能通過全民英檢的考試。

解析

1. 第一句是疑問句，第二句是有 if 的直述句，可以知道這題是考間接問句（句子裡面暗藏了問句），也就是用 if 的名詞子句。
2. 第一句和第二句的共通點是主詞都是 I，雖然前者是疑問句，後者是否定直述句，但所要表達的重點都是在質疑考試會不會通過的這件事。
3. 當疑問句要放到一個直述句裡時，原本倒裝的「助動詞 will + 主詞 + 動詞」，會變成「whether 或 if + 主詞 + 助動詞 will + 動詞」，形成間接問句，也是一個名詞子句的功能。
4. 寫完 I'm not sure if 之後，接著把 Will I...? 改為 I will...。而 will 後面接的動詞 pass 與受詞 exam 都照抄。「這次 this time」寫在句尾。

補充說明

關於間接問句，請看以下題目與解說：

Do you know something?（你知道嗎？）

Is she coming?（她要來嗎？）

如果要把這兩句變成一句，也是要用間接問句，所要表達的重點是問聽者「你知不知道她是否要來呢？」

Do you know **whether/if** she is coming **or not**?（你知不知道她是否要來呢？）

Do you know 是詢問對方「知不知道」的問句，但主要要確認的內容是「她是否要來」，所以要在 Do you know 後面先加上 whether 或 if，接著要用「主詞 + 動詞（she is coming）」。

3. It is exciting to watch a football game.

觀看美式足球比賽是很刺激的。

Watching ______________________________ exciting.

正解 Watching **a football game is** exciting.

觀看美式足球比賽是很刺激的。

解析

1. 從第二句可知，要改成以動名詞 Watching 當作主詞的句子。而在第一句是以 it is 作為虛主詞，主要的內容是 to watch a football game。
2. Watching 後面一樣要有受詞 a football game，所以 Watching a football game 是一個完整的主詞。
3. 主要動詞是 is，因為「觀看美式足球比賽」要視為一件事，所以用單數表示。
4. is 後面接做為形容詞功能的現在分詞 exciting。

補充說明

就本題以虛主詞 It is... to V 表達的句子，另外一種寫法是以「不定詞 to V」當主詞，也就是把 to V 挪到句首，即 **To watch** a football game is exciting.。

4. I usually spend two hours doing my homework.

我通常花兩個小時做我的功課。

It ________________________________ to do my homework.

正解 It **usually takes me two hours** to do my homework.

做功課通常要花我兩個小時的時間。

解析

1. 這題考的是「It takes + 人 + 時間 + to V」的句型。
2. 從第二句可知主詞是虛主詞 it，後面的內容是 to do my homework，相當於第一句的 doing my homework，所以中間的內容要填入與 spend two hours 語意相通的表達。
3. 頻率副詞 usually 要擺在一般動詞前面，也就是 It usually takes...。需要特別注意到動詞 takes 字尾的 s，因為主詞是 It，所以動詞是 takes。
4. 主詞 I 挪到動詞 takes 後面當受詞，改為受格 me。
5. spend 後面接的動詞要用動名詞 V-ing，而 It takes... 後面要接 to V，所以第一句的 doing 要改為 to do。

補充說明

我們來看一下題目這兩句的原問句，請見如下：

1. **I** usually spend **two hours** doing my homework.
   原問句：**How much time** do **you** usually spend doing your homework?
2. It usually takes **me two hours** to do my homework.
   原問句：**How long** does it take **you** to do your homework?

5. The last time I saw her was two years ago.
   我最後一次看到她是兩年前了。

   It has been ________________ I saw her.

正解 It has been **two years since the last time** I saw her.
自從我最後一次看到她已經有兩年了。

解析

1. 這題考的是現在完成式（have + p.p. + since +主詞 + 動詞過去式）。
2. 第一句和第二句的共通點是 I saw her，只是第一句的 be 動詞 was 在第二句變成 has been（been 是 be 的過去分詞），It has been... 表示「已經過了多久」的意思。「was + 時間」表示該時間點，was two years ago 也就是「兩年前」的那個時間點。
3. was two years ago 要改成 It has been two years 時，後面不需要寫 ago（以前），因為是「已經過了兩年」的意思，表示時間長短。
4. 「已經過了兩年」的 has been two years，要和 I saw her（當時看到）接續時，就要用連接詞 since（自從）來表示「自從上次看到她已經過了兩年」。

補充說明

現在完成式表示「已經」的意思，例如要說「我的父親已經有二十年沒抽菸了」，英文會說：My father **has** not **smoked for** twenty years.
若用「It + 現在完成式」，就能造出「自從他上一次抽菸已經有二十年了」的句子，即 It **has been** twenty years **since** he last smoked.

第 6～10 題：句子合併

6. My sister cooked dinner. 我的姐姐／妹妹煮了晚餐。

My grandma taught her how to do it. 我的奶奶教她怎麼做。

My grandma taught my sister ________________ dinner.

正解 My grandma taught my sister **how to cook** dinner.

我的奶奶教我姐姐／妹妹怎麼煮晚餐。

解析

1. 這題考的重點是「how to V」名詞片語。
2. 第三句和第二句的主詞都一樣是 My grandma，動詞是 taught。受詞的話，一個是 her，另一個是 my sister，但都指同一位（my sister）。
3. 要結合第一句，就要把 cook dinner 放進去。第二句的 taught her 後面是 how to do it，此時把 do it 換成 cook dinner 就完成了。
4. how to 後面必須加原形動詞，所以要把 cooked 改為 cook。

補充說明

除了「how to V」之外，類似的還有 what to、where to 等，請見以下例句：

1. He doesn't know.（他不知道。）
   What should he buy?（他應該要買什麼？）
   可合併為：He doesn't know **what to buy**.（他不知道要買什麼。）

2. Do you know something?（你知道嗎？）
   Where can I buy the train ticket?（我能在哪裡買到火車票？）
   可合併為：Do you know **where to buy the train ticket**?
   （你知道我能在哪裡買到火車票嗎？）

7. The boy ate the whole cake. 那位男孩吃了整個蛋糕。

He also drank all the soda. 他也喝了所有的汽水。

Not only ______ the whole cake, but he also ________________.

正解 Not only **did he eat** the whole cake, but he also **drank all the soda**.

那男孩不只吃了整個蛋糕，他還喝了所有的汽水。

解析

1. 從第三句的 Not only 和 but he also 可知，這題考的是「not only... but also 的倒裝句」，表示「某人不只做了 A，也做了 B」，從第一句和第二句也可推測，合併句主要是要表達「男孩不只吃了蛋糕，也喝了汽水」。
2. 一般沒有倒裝句的情況時，是「主詞 + not only... but also」或「主詞 + not only... but + 主詞 + also」的結構。
3. 倒裝句的定義是「倒過來寫」，就是把原本的「S + V」結構改為「V + S」，通常是以表示否定的詞彙來做為句首，例如 Not 或 Never。he ate 不能直接對調為 ate he，要用助動詞 did，助動詞後面再接原形動詞，所以 ate 要改為 eat，即 Not only did he eat...。
4. but he also drank all the soda 這句就直接照抄。

補充說明

要用倒裝句時，若主要動詞是 be 動詞，倒裝時 be 動詞可以直接挪到主詞前面，像是 Not only is he/she；但主要動詞是一般動詞時，就要插入助動詞，請見以下例句：

Not only **is he** good at math, he is also good at science.
（他不只是數學好，科學也很好。）

Not only **does he like** dogs, he also likes cats.（他不只喜歡狗，他也喜歡貓。）

8. The scooter is expensive. **這台機車很貴。**
The car is more expensive. **這台車更貴。**

The car is much ____________________ than the scooter.

正解 The car is **(much) more expensive** than the scooter.
車子比機車貴（很多）。

解析

1. 從第三句的 than 可知，這題考的是形容詞的「比較級」。
2. 第一句和第二句都提到昂貴，兩句的主詞 scooter 和 car 在第三句用 than 連接，以表示比較，所以主要是比較兩者之間的貴或便宜。
3. 因為第三句以車子作為主詞，又看到副詞 much（…得多），言下之意要表示車子比機車貴（more expensive than the scooter）。

補充說明

承上，若題目第三句的主詞是 The scooter（機車），形容詞就要換成 cheaper（比較便宜）。

The scooter is much **cheaper** than the car.

9. He learned to play the piano. **他學了彈鋼琴。**

He learned it when he was fifteen years old. **他在十五歲時學的。**

He didn't ________________ until he was ________________.

正解 He didn't **learn to play the piano** until he was **fifteen years old**.

他直到十五歲才學了彈鋼琴。

解析

1. 從第三句的 didn't 和 until 可知，這題考的是 not... until（直到…才…）的句型，而且主詞都是 He，從 didn't 和 was 可知在 until 前面是一般動詞，後面是 be 動詞。
2. 綜合第一和第二句可知，重點是要表達「他十五歲才去學彈鋼琴的」，也就是十五歲之前都沒有學過（didn't），直到十五歲（until）才開始。
3. 助動詞 didn't 後面接原形動詞，用 He didn't learn... 表示他沒學過，所以原本的 learned 要改為 learn。
4. 表示「直到」的 until 後面接一個事情發生的時間點，也就是 until he was fifteen years old（直到他十五歲時）。

補充說明

not... until（直到…才…）句型的重點是，前面的子句要用否定形。請見例句：

My father is **not** at home.（我父親不在家。）

He comes home **at 9 p.m.**（他晚上九點回家。）

用 not... until 合併時，要注意否定的部分：

My father **doesn't** come home **until 9 p.m.**

（我父親要到晚上九點才回家；九點之前都不在家，要到九點才會回來）

10. Lisa woke up in the morning. Lisa 早上醒來。

She saw the flowers. 她看到那些花。

Lisa ______________ as soon as ________________ in the morning.

正解 Lisa **saw the flowers** as soon as **she woke up** in the morning.

Lisa 早上一醒來就看到那些花。

解析

1. 從第三句可知這題考的是 as soon as（一…就…）的句型，而主詞都是 Lisa。
2. 就跟 before 和 after 一樣，要翻成中文時，連接詞 as soon as 後面的副詞子句要先翻會比較好懂。as soon as 後面所接的副詞子句中，可看到 in the morning，是屬於第一句的內容，所以要表達「早上一睡醒就…」，as soon as 後面要接 she woke up in the morning。整句共用同一個主詞 Lisa，所以副詞子句就用代名詞 she。
3. 既然後半句是 as soon as she woke up in the morning，前半句就是 Lisa saw the flowers，整個句意也通順。

補充說明

若覺得把 as soon as 放在句中很難理解，可以把 as soon as 放在句首，再把兩種寫法都翻譯成中文看看，就能看出哪個才是對的。

As soon as Lisa woke up, she saw the flowers.

（Lisa 一睡醒就看到了那些花。）←符合邏輯

As soon as Lisa saw the flowers, she woke up.

（Lisa 一看到花就睡醒了。）←比較不符合邏輯

第 11～15 題：重組

11. Did you ____ just now?

ground / shake / the / feel

正解 Did you **feel the ground shake** just now?

你剛才有感覺到地面在搖晃嗎？

解析

1. 這題考的是「感官動詞 feel + 受詞 + 原形動詞」。
2. 看到 Did you 和句尾的問號可知這是疑問句，而 Did you 後面要接原形動詞。就選項來看，動詞有 feel 和 shake，但如果用 Did you shake，整句看起來就會很怪，因為還有名詞 ground（地面）和 feel 要填。
3. Did you feel 後面加受詞 the ground，後面再接原形動詞 shake，以表示「你有感覺到地面在搖晃嗎」。
4. 時間副詞 just now 放在句尾。

補充說明

「感官動詞 feel」後面可以接原形動詞（V）或動名詞（V-ing），請見以下例句：

Did you **feel** the ground **shake** just now?

Did you **feel** the ground **shaking** just now?

12. I know ______________________________ well.

who / a / speak / can / Chinese / foreigner

正解 I know **a foreigner who can speak Chinese** well.

我認識一位中文講得很好的外國人。

解析

1. 這題考的是「用關係代名詞 who 連接形容詞子句」。
2. 從 I know 可知，後面要接名詞片語或名詞子句來當受詞，選項中 Chinese 和 foreigner 可當名詞。選項中也可以看到動詞 speak，speak 後面要接的是語言，所以 speak Chinese 是合理的組合，因此 I know 後面就要接 a foreigner 了。
3. 要結合 a foreigner 和 speak Chinese，關鍵在於選項中的 who。who 可以代替人，也就是 a foreigner，而 who... speak Chinese 可變成一個形容詞子句，修飾前面的 a foreigner。
4. 剩下的 can 放在動詞前面，即 who can speak Chinese（會說中文的），而副詞 well 放在句尾。

補充說明

形容「人」的關係代名詞用 who，而形容「物」的關係代名詞用 which。關於 which 請見以下例句：

I bought a house **which** cost me a lot of money.
（我買了一間花了我很多錢的房子。）

13. They spent ______________________ the trip.

dollars / a million / than / more / on

正解 They spent **more than a million dollars on** the trip.

他們花了超過一百萬元在這次的旅行上。

解析

1. 這題考的是 spend... on...（花費…在…上）的句型。
2. 從 They spent 可知後面要接與「錢」或「時間」相關的名詞，選項中只有與錢相關的 a million 和 dollars。
3. 選項中的 more than（超過）是用來修飾金額的，所以是 more than a million dollars。
4. 表示「花錢在…上」，「spend＋金額」後面的介系詞要用 on。

補充說明

spend... on... 句型若出現在句子改寫的話，通常會要求考生用「某物品 cost＋人＋錢」來改寫。請見以下例句。

第一句：They **spent** more than a million dollars **on** the trip.
第二句：The trip cost ______________________.
改寫成：The trip **cost** them more than a million dollars.

14. She has ______________________ a child.

in / was / Taiwan / since / she / been

正解 She has **been in Taiwan since she was** a child.

她還是個孩子的時候就在台灣了。

解析

1. 這題考的是「現在完成式 have been」和「過去式」的用法。
2. 看到 has 以及選項中的 been 就要注意會搭配使用的「for + 一段時間」或「since + 時間點或子句」。
3. 選項中有 be 動詞 was 和連接詞 since。因為 since 後面接子句或時間點，但選項裡沒有時間點的表達，所以在這裡 since 後面是接子句（主詞＋動詞），從選項中可以拼湊出 since she was a child。
4. 剩下 in 和 Taiwan，很明顯是要表達 She has been in Taiwan（她已經在台灣）since she was a child（從她還是小孩子的時候）。

15. Nothing is ______________________________ hard enough.

you / if / try / impossible

正解 Nothing is **impossible if you try** hard enough.

如果你夠努力的話，沒有什麼是不可能的。

解析

1. 這題考的是用 if 連接的副詞子句。
2. 一開始看到主詞與 be 動詞，可知後面會接補語（名詞或形容詞），impossible 是最有可能的選項。
3. 又看到 if 連接詞，可知後面要接一個子句，if you try 是最合理的組合。因此這樣答案就出來了，語意也通順。
4. if（如果）所接的子句叫副詞子句，也稱為條件子句，來做為另外一個子句的條件，即 if you try hard enough（如果你夠努力的話）是 Nothing is impossible（沒有什麼是不可能的）的條件。
5. Nothing 視為第三人稱單數，所以後面的動詞是單數，如 is。

第二部分 段落寫作 （50%）

題目：Mary 到公園遛狗，遇上了一位朋友。他們在聊天的時候，小狗不見了。Mary 到處尋找她的小狗，原來小狗跑去跟一隻兔子玩在一起。請根據這些圖片寫一篇約 50 字的短文。***注意：未依提示作答者，將予扣分。***

看圖描述

從題目文字已知，主角是一位名叫 Mary 的女孩，到公園遛狗，接著小狗就不見了，之後發現牠和一隻兔子玩在一起。只要根據每張圖寫一、兩個關鍵句子，再把這些句子串聯起來，即可成為一篇文章。以下每一張圖列舉出兩組以上都對應到圖片的句子。

圖一：從圖中可知場景是在公園，女孩在溜狗，同時在跟一個男生講話。可聯想的表達有：帶她的狗到 take her dog to, 溜她的狗 walk her dog, 公園 park, 遇到 meet, 朋友 friend, 互相談話 talk with each other。

1. Mary took her dog to the park for a walk.（Mary 帶她的狗到公園散步。）
2. She met a friend, and they started to talk with each other.
   （她遇到了一位朋友，並開始聊天。）

圖二：從圖中可知，Mary 表情驚訝，是因為她發現她的小狗不見了。可聯想的表達有：擔心 be worried, 不見了 be missing, 發現 find out、realize。

1. Suddenly, Mary realized that her dog was missing.
   （突然 Mary 發現她的狗不見了。）
2. She was very worried（她很擔心。）

3. She almost cried.（她幾乎要哭了。）

圖三：從圖中可知，Mary 找到了小狗，表情很開心，而小狗正在跟兔子玩。可聯想的單字有：找到 find, 尋找 look for, 到處看看 look around, 玩 play, 開心 happy, 兔子 rabbit。

1. She found her dog.（她找到了她的狗。）
2. Her dog was playing with a rabbit happily.
（她的小狗正開心地跟一隻兔子玩。）

高分策略

除了以上的表達之外，我們還能在這些關鍵句中加上一些讓文章更有連貫性、戲劇性的表達。

針對第一張圖，我們還可用以下詞彙或句型來做為開場：

One day　有一天

Mary was ~ while she ~　Mary 當時在～的時候，她～。

→ Mary was walking her dog while she met a friend.
（Mary 在遛狗的時候，遇到了一位朋友。）

Mary was at/on [地點]　Mary 當時在～

→ Mary was in the park.（Mary 當時在公園。）

針對第二、三張圖，我們還可用以下詞彙或句型來做為語氣的連貫或轉折：

Suddenly 突然

→ Suddenly, Mary found that her dog was missing.
（突然，Mary 發現她的狗不見了。）

針對結尾部分，我們還可用以下詞彙或句型來作結：

It turns out that... 結果是

→ It turned out that her dog was playing with a rabbit.
（結果她的小狗正在跟一隻兔子玩。）

我們可以用一些句型來讓文章看起來更有深度，像是「so... that...」（如此…以致於…），或是「after V-ing, 主詞＋動詞」（在…之後，（主詞）做了…）。

1. 除了用 She was very worried. She almost cried.，你還可以合併成一句：
   She was so worried that she almost cried.（她很擔心，以致於她幾乎要哭了。）
2. 除了用 She found her dog.，你還可以用 after looking around 等詞彙來增加戲劇張力：
   After looking around, she found her dog.
   （在四處尋找之後，她找到了她的狗。）
   She found her dog after looking for it.
   （在到處尋找她的狗之後，她找到了。）

參考範例

One day, Mary took her dog to the park for a walk. She met a friend, and they started to talk with each other. Suddenly, Mary realized that her dog was missing. She was so worried that she almost cried. After looking around, she found her dog. It was playing with a rabbit happily.（54 字）

範例中譯

有一天，Mary 帶她的狗到公園散步。她遇到一個朋友，然後他們開始聊天。突然間，Mary 發現她的狗不見了。她很擔心，以致於她快哭了。在四處尋找之後，她找到了她的狗。牠正開心地跟一隻兔子玩。

確認動詞時態

三張圖所描述的事件都已經發生過了，所以每一張圖的時態都可用過去式。

1. Mary **took** her dog to the park for a walk.（用過去式表示當時動作）

→ take 的過去式是 took，過去分詞是 taken，表示當時帶她的小狗去散步。不過如果用現在式的話，則可表示一個習慣，即 Mary takes her dog to the park for a walk（Mary（都會）帶她的小狗到公園散步。）

2. She **met** a friend, and they **started** to talk with each other.（用過去式表示當時的動作）

→ meet 的過去式是 met，過去分詞是 met，表示當時遇到她的朋友。而 start 是規則變化的動詞，過去式和過去分詞都是 started。

3. Suddenly, Mary **realized** that her dog **was** missing.（用過去式表示當時的動作與狀態）

→ realize 是規則變化的動詞，過去式和過去分詞都是 realized。was 是 be 動詞 am, is 的過去式，是用在當主詞是 I, he/she 和任何第三人稱單數的名詞（如 her dog）時。

4. She **was** so worried that she almost **cried**.（用過去式表示當時的動作與狀態）

→ cry 的過去式和過去分詞都是 cried，因 y 前面為子音，所以改成過去式、過去分詞、或第三人稱單數要加上 s 時，都是去 y 再加上-ied 或 -ies。

5. After looking around, she **found** her dog.（用過去式表示當時的動作）

→ find 的過去式和過去分詞都是 found，表示「當時找到了」的意思。

6. It **was playing** with a rabbit happily.（用過去進行式表示當時進行中的動作）

→ 當 Mary 發現小狗時，牠正在跟一隻兔子玩，用「was 或 were + V-ing」的過去式進行式，可表示當時正在做，或持續進行的行為、動作。

文法&句型補充

1. take... to... 帶…到…

Mary **took** her dog **to** the park for a walk.
Mary 當時帶她的狗到公園散步。

2. walk one's dog　遛狗

She **walked her dog** in the park.

她當時在公園遛狗。

3. meet...、run into...　遇見～

She **met** a friend. 她遇到了一位朋友。

She **ran into** a friend. 她遇到了一位朋友。

4. Suddenly,...、All of a sudden,...　突然…

Suddenly, she fell down. 她突然跌倒了。

All of a sudden, she fell down. 她突然跌倒了。

5. realized + that S + V　發現…

She **realized that** her dog was missing.

她發現她的狗不見了。

6. it occurred to +人 + that S + V　某人想到…

（occurred 的原形是 occur）

Suddenly, **it occurred to** her that her dog was missing.

她突然想到她的狗不見了。

7. After + N/V-ing,、After S + V,　在…之後

After looking around, ... 在四處看看之後…

After she looked around, ... 在她四處看看之後…

8. V（動詞）+ adv（副詞）　～地做某事

It was playing with a rabbit **happily**.

牠當時正在快樂地和兔子玩。

複試 口說測驗 解析

TEST03_Ans.mp3

第一部分 複誦

共五題。題目不印在試卷上，由耳機播出，每題播出兩次，兩次之間大約有一至二秒的間隔。聽完兩次後，請馬上複誦一次。

1 It's getting colder and colder.

天氣越來越冷了。

答題策略

1. 分段記憶：在朗誦時，由於看不到題目，只能憑聽到的記憶再唸出來，因此在聽的時候最好是一段一段的記憶，免得一字一字記憶時會只記得前面而忘記後面，一開始會先聽到題號，接著才是複誦內容。本句聽取時可按以下的方式分段記憶：

   It's getting colder | and colder.

2. 耳聽注意事項：

   (1) It’s 為 It is 的縮寫，唸作 [ɪts]，字尾的子音 [ts] 相當於無聲的「此」，而且會唸得很小聲，幾乎聽不到。

   (2) and 會聽起來像是 [ən]，而不會特別去強調母音，也不會去強調字尾的子音 [d] 而唸成 [ænd]。字尾的子音 [d] 會幾乎聽不到。

3. 複誦注意事項：

   音節：cold 為單一音節，後面的 [d] 輕聲唸過就好，不需要特別強調。但 colder 為兩個音節，第二音節的 der [dɚ] 要唸清楚。

2 Look, everyone is wearing a mask.

你看，每個人都戴著口罩。

答題策略

1. 分段記憶：本句聽取時可按以下的方式分段記憶：

Look, | everyone is wearing a mask.

2. 耳聽注意事項：

(1)聽 look 時，字尾的子音會唸得很輕、很小聲，只做短暫停頓而已，要特別注意。

(2)從 wearing 可猜測後面會聽到的單字應該跟服裝或穿戴的事物有關，因此就不會把 mask 聽成 math。

(3)聽 wearing a mask 時，除非題目有特別強調 a，不然在這裡是唸作 [ə]，而且因為連音關係會幾乎聽不到它的存在，所聽到的可能是 [`wɛrɪŋə mæsk]。

3. 複誦注意事項：

口音：mask 的美式發音為 [mæsk]，英式發音則為 [mɑsk]。多益等國際英語考試中會出現英國和澳洲口音。不過，英檢考試中通常用美式發音，所以依你所聽到的發音為準。

3 I guess I need to change the batteries.

我想我需要更換電池。

答題策略

1. 分段記憶：本句聽取時可按以下的方式分段記憶：

I guess | I need to change | the batteries.

2. 耳聽注意事項：

(1)若聽到自己沒背過的單字不需要緊張，只要記住發音跟著模仿就行了，如 batteries 就唸成像是 badriz。

(2)聽到 guess I 時，可能會聽成連音的 [gɛsaɪ]。若一時聽不懂以為是生字，複誦時就模仿照著唸就好了。

(3)聽到 need to 時，可能會聽成連音的 [ni tə]，而不是 [nid tu]。因為 [d] 和 [t] 的發音相同，所以外國人在連音時，[d] 的部分會暫時停頓，再順接後面的 [t] 音。一般來說，to 並不會被強調，所以只會輕輕唸過去。

3. 複誦注意事項：

重音：batteries [`bætərɪz] 有三個音節，就和 family 一樣，重音落在第一個音節。

連音：唸 guess I 要連音唸成 [gɛsaɪ]。而唸到 need to 時，也要盡量連音唸成 [ni tə]。

4 Nothing is impossible.
沒有什麼是不可能的。

答題策略

1. 分段記憶：本句聽取時可按以下的方式分段記憶：

Nothing is impossible.（只有三個單字，無須分段，當作一組單字來記）

2. 耳聽注意事項：

聽到這一句時，可能會聽成連音的 [`nʌθɪŋɪzɪm`pɑsəbəl]，is 會跟前後兩個單字作連音。

3. 複誦注意事項：

重音：impossible 有 4 個音節，重音落在第二個音節的 [pɑ]。

5 Learning a new language is quite difficult.
學習一個新的語言是相當困難的。

答題策略

1. 分段記憶：本句聽取時可按以下的方式分段記憶：

Learning a new language | is quite difficult.

2. 耳聽注意事項：

(1)聽到 Learning a new language 時，除非題目有特別強調冠詞 a，不然在這裡 a 是唸作 [ə]，而且因為連音關係會幾乎聽不到它的存在，所聽到的可

能是 [`lɝnɪŋə]

(2)聽到 quite 時要注意，不要聽成 quiet 了。

3. 複誦注意事項：

音節：quite 只有一個音節，唸成 [kwaɪt]，但 quiet（安靜的）有兩個音節，唸成 [`kwaɪət]。

第二部分 朗讀句子與短文

共有五個句子及一篇短文，請先利用一分鐘的時間閱讀試卷上的句子與短文，然後在一分鐘內以正常的速度，清楚正確的朗讀一遍。閱讀時請不要發出聲音。

1 He dropped the cup, and it broke into pieces.

他把杯子弄掉了，破成碎片。

高分解析

1. 朗讀句子與短文時，考生只會看到英文文字，無法像「複誦」一樣聽到音檔，所以無法照樣模仿，得自己想像句子該怎麼唸，因此句子該如何斷句、哪幾個單字必須強調、語調的高低都要在唸的時候先考慮好。以下幫各位讀者將斷句、強調單字及語調標示出來。

2. 本句的斷句（以｜表示），強調單字（以粗體字及底線表示）及語調（⬀表上升，⬂表下降）如下：

   He dropped the **cup** | and it broke into **pieces**.⬂

3. dropped 唸作 [drapt]，這裡的 ed 是 [t] 的音，主要是受到前面無聲子音 p 的影響。dropped 是 drop 的過去式。piece 在單數時為一個音節 [pis]，在複數時（pieces）為兩個音節 [`pisɪz]，必須有明顯的區分。

| 單字 | **drop** [drap] 丟下，扔下 / **broke** [brok] 打破（**break** 的過去式） / **piece** [pis] 一片，碎片

2 If you decide to join us, just give me a call.

如果你決定加入我們，就打電話給我。

高分解析

1. 本句的斷句（以｜表示），強調單字（以粗體字及底線表示）及語調（⬀表上升，⬂表下降）如下：

   If you decide to **join** us,⬀ | just give me a **call**.⬂

2. 唸 decide to 時，因為 [d] 和 [t] 的發音相同，所以外國人在唸的時候聽起來會像是 [dɪ`saɪ tə]，[d] 的部分暫時停頓，再順接後面的 [t] 音。而且一般來說，to 並不會被強調，所以只會輕輕唸過去。

3. 在歌詞中可能會看到 gimme 這類奇怪的單字，這麼寫的意思是因為外國人在唸 give me 時，聽起來會像是 [gɪ mi]，[v] 的發音會很小聲，幾乎聽不到。所以唸這一題的 give me a call 時，[v] 音不用太特別強調而唸成 [və] 了。可以把 give me 的 v 省略，唸 [`gɪmi]。

｜單字｜**decide** [dɪ`saɪd] 決定 / **join** [dʒɔɪn] / **give... a call** 打電話給…

3 Excuse me. I need to get off at the next stop.

抱歉，我需要在下一站下車。

高分解析

1. 本句的斷句（以｜表示），強調單字（以粗體字及底線表示）及語調（⬀表上升，⬂表下降）如下：

   Excuse me.⬂ | I need to get **off** | at the next **stop**.⬂

2. 唸 excuse me 時，雖然音標是標示 [ɪk`skjuz mi]，但外國人實際在唸的時候聽起來會像是 [ɪk`gjuz mi]，前面 [s] 的音幾乎是聽不到，而且在這裡的 cu 聽起來像是 [gju] 的發音。

3. 唸 need to 時，因為 [d] 和 [t] 的發音相同，所以外國人在唸的時候聽起來會像是 [ni tə]，[d] 的部分暫時停頓，再順接後面的 [t] 音。而且一般來說，to 並不會被強調，所以只會輕輕唸過去。

｜單字｜**get off** 下車 / **next** [`nɛkst] 下一個 / **stop** [stɑp] 停車站

4 Who would like to tell me the answer to this question?

誰想要告訴我這一題的答案？

高分解析

1. 本句的斷句（以｜表示），強調單字（以粗體字及底線表示）及語調（⬀表上升，⬂表下降）如下：
   Who would like to **tell** me | the **answer** to this **question**?⬂
2. would like to 有時候會縮寫為 'd like to，would 的 ou 為短音 [ʊ]，不可唸成長音 [u]，否則會變成 wood（木頭）的發音。
3. 因為 answer 的字首為母音 [æ]，所以前面的 the 要唸成 [ði]，連音時聽起來會像是 [ði`ænsɚ]。
4. 雖然這是疑問句，但由於是 wh 疑問句，而非一般疑問句（以助動詞或 Be 動詞開頭的問句），所以尾音不用上揚，而是下降。

5 You can choose any color you like.

你可以選擇任何你喜歡的顏色。

高分解析

1. 本句的斷句（以｜表示），強調單字（以粗體字及底線表示）及語調（⬀表上升，⬂表下降）如下：
   You can **choose** | **any color** you like.⬂
2. 美式發音的 can [kæn] 和 can’t [kænt] 非常接近，所以唸 can 的時候輕輕帶過，唸成 [kən] 就好，而且不需停頓，若強調 can 並突然停頓，聽起來會很像 can’t。英式發音的 can't 為 [kɑnt]，則沒有這個問題。

| 單字 | **choose** [tʃuz] 選擇 / **color** [`kʌlɚ] 顏色

第1回 第2回 第3回 第4回 第5回 第6回

6 **Here's our plan for tomorrow. I will go to the bakery and buy a cake for Dad. You will have to buy him a present. Remember to ask the clerk to wrap it up nicely. We will light the candles on the cake and sing him a birthday song. He will be surprised.**

這是我們明天的計畫。我會去麵包店買一個蛋糕給爸爸。你去買一個生日禮物給他。記得請店員把它好好地包裝起來。我們會在蛋糕上點蠟燭，然後為他唱生日快樂歌。他會很驚喜的。

高分解析

1. 本句的斷句（以｜表示），強調單字（以粗體字及底線表示）及語調（⬀表上升，⬂表下降）如下：
   Here's our **plan** for tomorrow.⬂ | I will go to the **bakery** | and buy a **cake** for **Dad**.⬂ | You will have to buy him a **present**.⬂ | **Remember**⬀ to ask the clerk | to **wrap** it up nicely.⬂ | We will light the **candles**⬀ on the cake | and sing him a birthday **song**.⬂ | He will be **surprised**.⬂
2. Here's 是 Here is 的縮寫，字尾的 s 唸作 [z]。唸 have to 時，to 不用太過強調而唸成 [tu]，只要輕輕帶過唸成 [hæv tə]。
3. 唸 wrap it up 時要連音唸成 [ræ pɪ tʌp]，不過外國人實際上在唸的時候，這裡的 [pɪ] 聽起來會有點像是 [bɪ]，it 的 [t] 音會幾乎聽不到，只是短暫停頓而已，整體聽起來會有點像是 [ræ bɪ ʌp]。
4. 雙子音 wr 的 w 不發音，例如 write 唸成 [raɪt]，wrap 唸成 [ræp]。

| 單字 | **bakery** [ˋbekərɪ] 麵包店 / **present** [ˋprɛənt] 禮物 / **clerk** [klɝk] 店員 / **wrap** [ræp] 包裝 / **surprised** [səˋpraɪzd] 感到驚訝的

第三部分 回答問題

共十題。題目不印在試卷上，由耳機播出，每題播出兩次，兩次之間大約有一至二秒的間隔。聽完兩次後，請馬上回答，每題回答時間為 15 秒，回答時不一定要用完整的句子，但請在作答時間內儘量的表達。

1 Where do you go on the weekend?
在週末時你都去哪裡？

答題策略

1. 從 Where ~ go ~ weekend 可知，主要是問週末會去的地方。週末可以去的地方很多，可以選擇夜市、圖書館、海邊、購物中心等。除了說明去的地方，記得要交代為什麼，通常跟誰去。
2. 如果你跟老師一樣常常宅在家，說自己都待在家也沒關係。可提到不喜歡出門的原因是因為週末外面人潮擁擠，文靜的你比較喜歡在家裡陪伴家人，或做自己的事。

回答範例 1

It depends. Sometimes my family and I go to the night market. Sometimes I go shopping with my friends. But in summer, I like to go to the beach on the weekend.

要看情況。有時候我會和家人一起去逛夜市。有時候我會跟朋友去逛街購物。但在夏天，週末時我喜歡去海邊。

回答範例 2

I don't like to go out on weekends because many places are crowded. I prefer to stay at home and spend time with my family. I can do what I like, for example, reading a novel.

我不喜歡在週末出去，因為很多地方都很擁擠。我比較喜歡待在家裡，花時間陪伴家人。我可以做我喜歡的事，例如看小說。

重點補充

如果你是週末工作，平日放假的人，也可以如實說明。

I work on weekends, so I go to the supermarket every weekend. I work there to help my mom.

I am often busy on weekends because many people go shopping at the supermarket.

我在週末工作，所以我每週末都去超市。我去那裡工作幫我媽媽的忙。週末我常常很忙，因為很多人去超市購物。

2 Which do you prefer, Chinese food or Western food? Why?

你比較喜歡中餐還是西餐？為什麼？

答題策略

1. 從 Which ~ prefer ~ Chinese ~ Western food 可知，主要是問喜歡的料理。選擇自己喜歡的料理後，可以舉例說明，並解釋為什麼。
2. 雖然這是二選一的題目，但如果你跟老師一樣什麼都愛吃，當然可以說兩種都喜歡。再把喜歡的中、西式料理名稱都舉出來，應該就差不多了。

回答範例 1

I prefer Chinese food. I like fried rice, beef noodles, and so on. I have been eating these for 15 years. I can't live without rice and noodles.

我比較喜歡中式料理。我喜歡炒飯、牛肉麵等等。我已經吃這些東西吃 15 年了。沒有米飯和麵我活不下去。

回答範例 2

I like both Chinese and Western food. Both are delicious. I prefer to have sandwiches or hamburgers for breakfast. I usually have rice for lunch.

中餐和西餐我都喜歡。兩者都很好吃。我早餐比較喜歡吃三明治或漢堡。午餐我通常吃飯。

重點補充

如果對料理或美食沒有什麼太多喜好，也可以回答說只要好吃就好，沒有特別喜歡吃什麼，並舉例平常吃的東西。

I eat whatever is delicious. I eat Chinese food, Western food, Japanese food, Korean food. I eat most of them every week. They are all delicious, so it's hard to choose.

只要是好吃的，我都吃。我吃中餐、西餐、日式料理、韓式料理。大部分的料理我每週都會吃到，這些都很好吃，所以很難做出選擇。

3 Did you ever buy anything online?

你曾經在網路上買過東西過嗎？

答題策略

1. 從 Did you ~ buy ~ online 可知，主要是問是否有線上購物的經驗。曾經在網路上買過東西的話可以據實回答。
2. 從來沒有利用網路買過東西的話也沒關係，可以說自己很少上網，而且比較喜歡到實體店面買東西，特別是衣服、鞋子，在店裡可以試穿，比較安全。

回答範例1

Yes, I bought a book on the Internet last week. I bought this book for my sister. She has always wanted to learn to draw. This book will teach her how to draw. I bought it online because there was a special discount.

有，我上週在網路上買了一本書。我買這本書給我妹妹，她一直想學畫畫。這本書會教她怎麼畫畫。我在網路上買這本書，是因為當時有特別折扣。

回答範例2

I never tried it before. I seldom surf the Internet. I think it is better to go to a store, especially for things like clothes and shoes.

我從來沒嘗試過。我很少上網。我認為去店裡面買比較好，特別是要找像是衣服、鞋子之類的東西。

重點補充

如果買的東西不會用英文說，可以不用說，趕緊把話題轉移到在網路上購物很方便、也很便宜等優點。

In fact, I just bought something on the Internet last week. I think it is very convenient and cheaper. I save both time and money.

事實上，我上個星期才剛買了東西。我認為在網路上買東西很方便，也比較便宜。我可以節省時間和金錢。

4 Are you popular in school?

你在學校受歡迎嗎？

答題策略

1. 從 Are you popular ~ school 可知，主要是問在學校是否受歡迎。說自己很受歡迎好像有點自我感覺良好，說自己不受歡迎又有點可憐。可以說並沒有到很受歡迎，但是跟同學相處得不錯。

2. 如果你很文靜，可以照實說，順便談一談受歡迎的同學的一些特質。

回答範例 1

I am not sure. A little, maybe. I get along well with my classmates. We all have the same hobbies, and sometimes we go out together.

我不確定。或許有一點吧。我跟同學相處得很好。我們都有同樣的嗜好，而且有時候會一起出去。

回答範例 2

Not really. I am shy, and I seldom talk. The more popular students like to tell jokes and are very active. Some can sing and dance well.

並沒有。我很害羞且很少說話。比較受歡迎的學生喜歡說笑話也很活潑。有些人很會唱歌、跳舞。

重點補充

如果已經在工作了，也可以聊聊以前在學校的狀況，再附加說明現在在工作環境上是否是受歡迎的人物，也可說明自己是不是那種想要受人注目的人。

I am not a student anymore. But in the school years, I was not popular because I didn't talk much. I didn't want to be noticed by many people. I don't talk much.

我已經不是學生了。但在學期間，我不是那種受歡迎的人，因為我話不多。我不想被許多人關注。我不常講話。

5 What is your favorite subject?
你最喜歡的科目是什麼？

答題策略

1. 從 What ~ favorite subject 可知，主要是問喜歡的科目是什麼。選擇一個科目，並說明喜歡的原因，例如很有趣，老師人很好等等因素。
2. 如果喜歡的科目是英文，可以說因為喜歡聽英文歌，以後可以到世界各地玩或交朋友等等。

回答範例 1

My favorite subject is math. I like numbers. I like shapes. They are interesting and will be useful to my life.

我最喜歡的科目是數學。我喜歡數字。我喜歡形狀。它們很有趣，而且對我的生活也很有用。

回答範例2

English is my favorite subject because I love to listen to English songs. I sing English songs sometimes. I think English is useful. I can make many friends and travel around the world.

英文是我最喜歡的科目，因為我喜歡聽英文歌，我有時候也會唱英文歌。我認為英文很實用。我可以交到很多朋友，也能在世界各地旅行。

重點補充

如果一時想不出來，因為每個科目都不喜歡，也可以如實訴說，並解釋原因。

Not any subject is my favorite because there are always tests and homework. I don't know why I have to have tests and do homework. They are meaningless to my life.

沒有任何科目是我最喜歡的，因為一直要考試和寫作業。我不知道為什麼我必須要考試和寫功課。它們對我的生活毫無意義。

6 You are at a night market. You like a watch, but it is too expensive. Try asking the vendor to give you a better price.

假設你人在夜市。你喜歡一支手錶，但是太貴了。試著要求攤販給你一個比較好的價格。

答題策略

1. 從 night market ~ like a watch ~ too expensive ~ Try asking ~ a better price 可知，主要是要你假設一個在夜市的情境，考你如何向攤販老闆殺價。如果跟媽媽去過菜市場，可能會一兩句討價還價的慣用語，把這些話拿出來用就行了。

2. 其中一招是哀兵策略，表示雖然自己很喜歡，但是卻沒有能力，動之以情。但千萬不要用批評商品的方式來殺價，這樣只會讓攤販老闆更生氣。

回答範例1

Two thousand dollars is too expensive. Can you lower the price a little? What about a thousand and five hundred? Please.

兩千元太貴了。可以稍微降價嗎？一千五百元如何？拜託。

回答範例2

I really like it. It's beautiful. But it is too expensive. I am just a student. Can you give me a better price? I will tell my friends to buy from you.

我真很喜歡。它很漂亮。但是太貴了。我只是一個學生。你可以給我一個比較好的價格嗎？我會告訴我朋友都跟你買。

重點補充

如果你是那種不太會、也不太敢殺價的人，同時又有許多單字不太會講，也是可以先誇獎商品，說明為何要買這支手錶，接著說太貴了，只好去別家看看了。

This is a good watch. I want to buy this for my Dad. I think he will love it, but this watch is too expensive. I think I will look around here to see if there is any cheaper watch.

這是一支很好的手錶。我想買給我爸爸。我想他一定會很喜歡的，但這支錶太貴了。我想我會再四處看看是否有更便宜的手錶。

7 Your friend just came back from a camping trip. Ask him or her some questions.

你的朋友露營剛回來。問他／她一些問題。

答題策略

1. 從 Your friend ~ back from ~ camping ~ Ask ~ some questions 可知，主要是要你假設你有朋友露營回來，問對方一些關於此次露營的相關問題。不管是誰剛從哪裡回來，都可以套用「萬用問題」，包括「好不好玩啊？玩得開心嗎？有沒有拍照呢？可以告訴我多一點嗎？是不錯的體驗嗎？有沒有做什麼特別的事？」。

2. 針對露營提出相關問題，例如晚上的景色好嗎？有沒有結交新朋友？辛不辛苦？有自己做飯、生火嗎？

回答範例1

So, how was it? Was it fun? Did you do anything special? It must be a wonderful experience, isn't it? Show me the pictures you took.

所以如何呢？好玩嗎？有做什麼特別的事情嗎？一定是一個美妙的經驗，對吧？讓我看看你拍的照片。

回答範例2

Did you see a lot of stars at night? Did you have trouble sleeping? Did you make any new friends? Did they teach you how to cook and make a fire?

晚上有看到很多星星嗎？會睡不著嗎？你有交到任何新朋友嗎？他們有教你如何煮飯和生火嗎？

重點補充

如果真的不太清楚關於露營要問什麼，也可以用最簡單的疑問句來造句，問對方說露營要帶什麼，為什麼要去露營之類的話題。

Where is your best place for camping? Why do you like to go camping? What do you have to take if you go camping? How much do you spend on camping?

哪裡是你最喜歡的露營地點？為什麼你喜歡去露營呢？如果你去露營你一定會要帶什麼呢？露營會花你多少錢呢？

全民英語能力分級檢定測驗

初級寫作能力測驗

第四回　寫作能力測驗答題注意事項

1. 本測驗共有兩部分。第一部分為單句寫作，第二部分為段落寫作。測驗時間為 40 分鐘。

2. 請利用試題紙空白處擬稿，但正答務必書寫在「寫作能力測驗答案紙」上。在答案紙以外的地方作答，不予計分。

3. 第一部分單句寫作請自答案紙第一頁開始作答，第二部分段落寫作請在答案紙第二頁作答。

4. 作答請勿隔行書寫，請注意字跡應清晰可讀，並保持答案紙之清潔，以免影響評分。

5. 未獲監試人員指示前，請勿翻閱試題紙。

6. 測驗時，不得在准考證或其他物品上抄題，亦不得有傳遞、夾帶小抄、左顧右盼或交談等違規行為。

7. 意圖或已經將試題紙攜出試場者，五年內不得報名參加本測驗。請人代考者，連同代考者，三年內不得報名參加本測驗。

8. 測驗結束時，須立即停止作答，在原位靜候監試人員收回全部試題紙及答案紙，清點無誤後，宣佈結束始可離場。

9. 應試者入場、出場及測驗中如有違反上列規則或不服監試人員之指示者，監試人員得取消其應試資格並請其離場，且作答不予計分。

第一部分：單句寫作（50%）

請將答案寫在答案紙上對應的題號旁，如有文法、用字、拼字、標點符號、大小寫等之錯誤，將予扣分。

第 1～5 題：句子改寫

請依題目之提示，將原句依指定形式改寫，並將改寫的句子完整地寫在答案紙上。***注意：每題均需寫出完整的句子，否則將予扣分。***

例：第一句：The book is pink.
　　第二句：It ____________________.
　　在答案紙上寫：***It is pink***.

1. Did the children take a nap just now?
   Were ____ a nap just now?

2. He is excited about the good news.
   The good news is ____.

3. My mom asked me to take out the trash.
   My mom had me ____ the trash.

4. My friend sent me a birthday card.
   My friend ____ to me.

5. We can go out if it stops raining.
   We ________________________ unless ________________________.

第 6～10 題：句子合併

請依題目之提示，將兩句合併成一句，並將合併的句子完整地寫在答案紙上。***注意：每題均需寫出完整的句子，否則將予扣分。***

例：Mary has a cell phone.
The cell phone is red.
題目：Mary ______________________________ phone.
在答案紙上寫：***Mary has a red cell phone***.

6. Derek can't swim.
Eric can't swim, either.
Neither ____________ nor __________________________ swim.

7. I saw him.
He was cheating on the test.
I saw him ____ test.

8. He likes a girl.
A girl has long hair.
He likes ________________ with __________________________.

9. This is the shop.
I bought the phone here.
This is ________________ where ____________________ phone.

10. Sam went to bed.
He didn't take a shower.
Sam went ________________ without ______________________.

第 11～15 題：重組

請將題目中所有提示的字詞整合成一有意義的句子，並將重組的句子完整地寫在答案紙上。***注意：每題均需寫出完整的句子。答案中必須使用所有提示的字詞，且不能隨意增減字詞及標點符號，否則不予計分。***

例：題目：They ________________ . Jack / me / call 在答案紙上寫：***They call me Jack.***

11. Can someone ________________________________ machine?
me / this / how / to / show / use

12. It is so ____ me.
you / kind / of / help / to

13. The restaurant is _____________________________ lunchtime.
full / people / during / always / of

14. The Internet is a place _________________________________.
you / where / information / can / free / get

15. The birds _______________________________ in the morning.
be / singing / can / heard

第二部分：段落寫作（50%）

題目：Miss Chen 在百貨公司的鞋店看到一雙她喜歡的鞋子，所以她立刻買下來。回到家後，她打開盒子卻發現兩隻鞋子的尺寸不一樣。她生氣地回到店裡，店員向她道歉並換了一雙新的鞋子給她。請根據這些圖片寫一篇約 50 字的短文。***注意：未依提示作答者，將予扣分***

全民英語能力分級檢定測驗

初級寫作能力測驗答案紙

第一部分（請依題目序號作答，並寫出完整的句子）

1. ______________________________ 1

____

2. ______________________________ 2

____

3. ______________________________ 3

____

4. ______________________________ 4

____

5. ______________________________ 5

____

6. ______________________________ 6

____

7. ______________________________ 7

____

8. ______________________________ 8

____

9. ______________________________ 9

____

10. ______________________________ 10

____

第 1 頁

請翻至第 2 頁繼續作答

11. 11

12. 12

13. 13

14. 14

15. 15

第二部分（請由此開始作答，勿隔行書寫。）

5

10

寫作能力測驗級分說明

第一部分：單句寫作級分說明

級分	說　明
2	正確無誤。
1	有誤，但重點結構正確。
0	錯誤過多、未答、等同未答。

第二部分：段落寫作級分說明

級分	說　明
5	正確表達題目之要求；文法、用字等幾乎無誤。
4	大致正確表達題目之要求；文法、用字等有誤，但不影響讀者之理解。
3	大致回答題目之要求，但未能完全達意；文法、用字等有誤，稍影響讀者之理解。
2	部分回答題目之要求，表達上有令人不解/誤解之處；文法、用字等皆有誤，讀者須耐心解讀。
1	僅回答 1 個問題或重點；文法、用字等錯誤過多，嚴重影響讀者之理解。
0	未答、等同未答。

各部分題型之題數、級分及總分計算公式

<table>
<tr><th>分項測驗</th><th>測驗題型</th><th>各部分題數</th><th>每題級分</th><th>佔總分比重</th></tr>
<tr><td rowspan="3">第一部分：單句寫作</td><td>A.句子改寫</td><td>5 題</td><td>2 分</td><td rowspan="3">50%</td></tr>
<tr><td>B.句子合併</td><td>5 題</td><td>2 分</td></tr>
<tr><td>C.重組</td><td>5 題</td><td>2 分</td></tr>
<tr><td>第二部分：段落寫作</td><td>看圖寫作</td><td>1 篇</td><td>5 分</td><td>50%</td></tr>
<tr><td>總分計算公式</td><td colspan="4">公式：{(第一部分得分/30)＋(第二部分得分/5)}×50
例：　第一部分得分　A－8 分　B－10 分　C－8 分
8＋10＋8=26
三項加總第一部分得分　－　26 分
第二部分得分　－　4 分
依公式計算如下：
{(26/30)＋(4/5)}×50=83 該考生得分 83 分</td></tr>
</table>

第四回　口說能力測驗答題注意事項

1. 本測驗問題由耳機播放，回答則經麥克風錄下。分複誦、朗讀句子與短文、回答問題三部分，時間共約十分鐘，連同口試說明時間共需約五十分鐘。

2. 第一部分複誦的題目播出兩次，聽完兩次後，立即複誦一次。第二部分朗讀句子與短文有一分鐘準備時間，請勿唸出聲音，待聽到「請開始朗讀」，再將句子與短文唸出來。第三部分回答問題的題目播出兩次，聽完第二次題目後請在作答時間內盡量的表達。

3. 錄音設備皆已事先完成設定，請勿觸動任何機件，以免影響錄音。測驗時請戴妥耳機，將麥克風調到嘴邊約三公分處，聽清楚說明，依指示以適中音量回答。

4. 請注意測驗時不可在答案紙上畫線、打“✓”或作任何記號；不可在准考證或其他物品上抄題；亦不可有傳遞、夾帶小抄、左顧右盼或交談等違規行為。

5. 意圖或已將試題紙或試題影音資料攜出或傳送出試場者，視同侵犯本中心著作財產權，限五年內不得報名參加「全民英檢」測驗。請人代考，連同代考者，三年內不得報名參加本測驗。

6. 測驗結束時，須立即停止作答，在原位靜候監試人員收回全部試題紙並清點無誤後，等候監試人員宣布結束後始可離場。

7. 入場、出場及測驗中如有違反上列規則或不服監試人員之指示者，監試人員將取消您的應試資格並請您離場，且測驗成績不予計分，亦不退費。

TEST04.mp3

全民英語能力分級檢定測驗

初級口說能力測驗

請在 15 秒內完成並唸出下列自我介紹的句子：

My seat number is（複試座位號碼）, and my test number is（初試准考證號碼）.

第一部分：複誦

共五題。題目不印在試卷上，由耳機播出，每題播出兩次，兩次之間大約有一至二秒的間隔。聽完兩次後，請馬上複誦一次。

第二部分：朗讀句子與短文

共有五個句子及一篇短文，請先利用一分鐘的時間閱讀試卷上的句子與短文，然後在一分鐘內以正常的速度，清楚正確的朗讀一遍。閱讀時請不要發出聲音。

One: This song was sung by many popular singers.

Two: The girl cried out as soon as she saw the cockroach.

Three: Tell me what you want, and I'll get it for you.

Four: Will you be free to join us for dinner tomorrow night?

Five: Please do not talk during the test.

Six: Susan is in seventh grade. This is her first year in junior high school. She is worried because her parents keep telling her that life in junior high school is very different from life in elementary school. There are more subjects to study and the tests are more difficult.

第三部分：回答問題

共七題。題目不印在試卷上，由耳機播出，每題播出兩次，兩次之間大約有一至二秒的間隔。聽完兩次後，請馬上回答，每題回答時間為 15 秒，回答時不一定要用完整的句子，但請在作答時間內儘量的表達。

請將下列自我介紹的句子再唸一遍：

My seat number is（複試座位號碼）, and my test number is（初試准考證號碼）.

口說能力測驗級分說明

評分項目（一）：發音、語調和流利度（就第一、二、三部分之整體表現評分）

級分	說　明
5	發音、語調正確、自然，表達流利，無礙溝通。
4	發音、語調大致正確、自然，雖然有錯但不妨礙聽者的了解。表達尚稱流利，無礙溝通。
3	發音、語調時有錯誤，但仍可理解。說話速度較慢，時有停頓，但仍可溝通。
2	發音、語調常有錯誤，影響聽者的理解。說話速度慢，時常停頓，影響表達。
1	發音、語調錯誤甚多，不當停頓甚多，聽者難以理解。
0	未答或等同未答。

評分項目（二）：文法、字彙之正確性和適切性（就第三部分之表現評分）

級分	說　明
5	表達內容符合題目要求，能大致掌握基本語法及字彙。
4	表達內容大致符合題目要求，基本語法及字彙大致正確，但尚未能自在運用。
3	表達內容多不可解，語法常有錯誤，且字彙有限，因而阻礙表達。
2	表達內容難解，語法錯誤多，語句多呈片段，不當停頓甚多，字彙不足，表達費力。
1	幾乎無句型語法可言，字彙嚴重不足，難以表達。
0	未答或等同未答。

發音、語調和流利度部分根據第一、二、三部分之整體表現評分，文法、字彙則僅根據第三部分之表現評分，兩項仍分別給 0~5 級分，各佔 50%。

計分說明

某考生各項得分如下面表格所示：

評分項目	評分部分	得分
發音、語調、流利度	第一、二、三部分	4
文法、字彙之正確性和適切性	第三部分	3

百分制總分之計算：(4＋3)×10 分＝70 分

複試 寫作測驗 解析

第一部分 單句寫作 (50%)

請將答案寫在答案紙上對應的題號旁，如有文法、用字、拼字、標點符號、大小寫等之錯誤，將予扣分。

第 1~5 題：句子改寫

1. Did the children take a nap just now?

孩子們剛才有睡午覺嗎？

Were ______________________________ a nap just now?

正解 Were **the children taking** a nap just now?

孩子們剛才在睡午覺嗎？

解析

1. 從第二句的 Were 和第一句的 Did 可知，這題考的是把「過去式」改為「過去進行式」，而受詞部分與時間副詞沒變。
2. 就和第一句一樣，Were 開頭表示疑問句，後面加主詞 the children。
3. 「過去進行式」的結構為：be 動詞過去式的 was 或 were ＋ V-ing。
4. 把第一句的 take 改為 taking，後面接 a nap just now。

補充說明

若題目是要求把「過去進行式」改為「過去式」的話，則要把「were ＋主詞＋V-ing」改為「Did ＋主詞＋原形動詞」。如以下例句：

Were the workers **painting** the walls just now?

Did the workers **paint** the walls just now?

2. He is excited about the good news.

他對那則好消息感到興奮。

The good news is ______________________________.

正解 The good news is **exciting to him**.

那則好消息讓他興奮。

解析

1. 這題考的是 excited 和 exciting 的用法。
2. 請注意第一句的主詞是人物 He，第二句的主詞是事物 The good news（即第一句的受詞）。
3. 人感到興奮時，形容詞用過去分詞的 excited，若是事物令人興奮，則用現在分詞的 exciting。
4. 因為是 The good news（好消息）這個事物當主詞，所以要用 exciting。
5. 表達「人對…感到興奮」，介系詞部分用「excited＋**about**＋事物」，表達「事情令人興奮」，介系詞部分用「exciting **to**＋人物」。

補充說明

news（消息）是不可數名詞，視為單數，所以 be 動詞用 is。

3. My mom asked me to take out the trash. **我媽媽要我去倒垃圾。**

My mom had me ______________________________ the trash.

正解 My mom had me **take out** the trash.

我媽媽要我去倒垃圾。

解析

1. 這題考的是「使役動詞」的用法，也就是「A＋使役動詞＋B＋原形動詞」。
2. 請注意第一句和第二句的主詞（My mom）、受詞（me、the trash）都一樣，差別是動詞，一個是 asked，另一個是 had。
3. 請注意，用 have/had 表示「要某人做某件事」時，作為使役動詞，後面要接原形動詞，就此題來看就是把不定詞 to take 改為 take。除了 have 之外，make 和 let 也是使役動詞。

4. My friend sent me a birthday card. **我朋友寄給我一張生日卡片。**

My friend ______________________________ to me.

正解 My friend **sent a birthday card** to me.

我朋友寄了張生日卡片給我。

解析

1. 這題考的是 send... to... 的用法。
2. 請注意兩句一開始的主詞都一樣是 My friend，差別在最後的受詞。
3. 從第一句可知主要動詞是 sent，me 順接在後，但第二句是把 me 放在最後，也就是用「send＋物品＋to 人」句型，要注意介系詞 to。所以空格處是 sent a birthday card，sent 是 send 的過去式。

補充說明

一般的文法書籍會把以上的文法概念解釋為「直接受詞」和「間接受詞」。birthday card（生日卡片）和 me（我）都是受詞，但被寄出去（send）的東西是生日卡片，而不是 me（我），所以 birthday card 是「直接受詞」。me（我）是間接受到動詞影響的人物，所以 me 是「間接受詞」。

5. We can go out if it stops raining. **如果雨停的話，我們就可以出去。**

We ______________ unless ______________.

正解 We **can't go out** unless **it stops raining**.

我們不能出去，除非雨停。

解析

1. 從第二句的 unless 可知，這題考的是把「if 如果」換成「unless 除非…」的用法。
2. 兩句的主詞都一樣是 we。第一句用 if 連接，是假設「雨停的話，就可以出去」的語意，而第二句用 unless 來表示「除非雨停，否則我們不能出去」，有否定意味，所以要把主要子句中的 can 改為 can't。
3. 其結構是：We can't go out（我們不能出去）unless it stops raining（除非雨停）。

第 6～10 題：句子合併

6. Derek can't swim. Derek 不會游泳。

Eric can't swim, either. Eric 也不會游泳。

Neither ____________ nor ____________ swim.

正解 Neither **Derek** nor **Eric can** swim.

Derek 和 Eric 都不會游泳。

解析

1. 從第三句可知，這題考的是 Neither... nor... 的用法。
2. 第一句提到「Derek 不會游泳」，第二句提到「Eric 也不會游泳」，可知要合併成「Derek 和 Eric 都不會游泳」。
3. Neither 和 nor 的後面分別放主詞「Derek」和「Eric」。我們可以把 Neither A nor B 理解為「既不是 A 也不是 B」。
4. Neither... nor... 表示否定意味，所以不用再用否定意義的 can't，要改為 can，答案就出來了。

補充說明

neither... nor... 有個特殊的規則叫「就近原則」，意思就是在以 neither... nor... 開頭的句子中，主要動詞的單複數要根據「比較接近」的主詞而定。因為 neither 後面會接一個主詞，nor 後面會接另一個主詞，但動詞比較靠近 nor 後面的主詞，所以會根據此主詞來決定單複數。請見例句：

Neither the students nor **the teacher knows** the answer.

（這群學生和這位老師都不知道答案。）

主詞有 the students（學生們）和 the teacher（老師），動詞的單複數要和比較接近的 teacher 一致。老師是單數，所以動詞是單數型的 knows。

7. I saw him. 我當時看到他。

He was cheating on the test. 他當時在測驗中作弊。

I saw him ______________________________ test.

正解 I saw him **cheat/cheating on the** test.

我剛才看到他在測驗中作弊。

解析

1. 這題考的是感官動詞的用法。
2. 第三句的開頭重複第一句，句末的受詞是 test，可知中間要寫與 cheating 相關的內容.
3. 要合併一、二句，第二句的主詞會變成受詞 him。see/saw 表示「看到某人在做…」，後面要接原形動詞或動名詞 V-ing。
4. 所以答案是 I saw him cheat on the test 或 I saw him cheating on the test.。
5. 感官動詞還有 hear（聽到）、feel（感覺到）、notice（注意到）等等。

補充說明

感官動詞很容易跟連綴動詞搞混，感官動詞在中文翻譯上會有「…到」的意思，例如「看到」（see）、「聽到」（hear），後面接「受詞＋原形動詞／動名詞 V-ing」。連綴動詞在中文翻譯上會有「…起來」的意思，例如「看起來」（look）、「嚐起來」（taste）、「聞起來」（smell）、「感覺起來」（feel），後面加形容詞。

8. He likes a girl. **他喜歡女生。**

A girl has long hair. **女生有長頭髮。**

He likes ________________ with ________________.

正解 He likes **a girl** with **long hair**.

他喜歡長頭髮的女生。

解析

1. 這題考的重點是介系詞片語。
2. 第三句的主詞是 He，動詞是 likes，因此受詞是 a girl。
3. 第三句的介系詞 with 表示「有」的意思，後面要接名詞，與第二句的 has 呼應，所以 with 後面接 long hair。因此整個受詞是 a girl with long hair。

補充說明

承上題，若題目改用關係代名詞 who 合併句子，答案就是：

He likes a girl **who has** long hair.

9. This is the shop. **就是這家店。**

I bought the phone here. **我在這裡買電話的。**

This is ________________ where ____________________ phone.

正解 This is **the shop** where **I bought the** phone.

這家店就是我買這支電話的地方。

解析

1. 這題考的是關係副詞 where 的用法。
2. 第三句的主詞與動詞跟第一句一樣，句末的 phone 在第二句有出現，而且要你用 where 連接一、二句。從兩句也可知所要強調的是在這間店買了手機，所以一開始先寫 This is the shop。
3. where 代稱前面接到的地方，也就是 the shop，即 This is the shop where...（這家店是…的地方）。
4. where 後面接的子句表示在這個地方所做的事情，這個地方是 the shop，所做的事情是「買這支電話」，所以就是 This is the shop where I bought the phone。
5. 用 where 之後，後面就不需要再寫 here。

補充說明

關於關係副詞 where 的用法，請見以下例句：

The Internet is **a place where** you can make friends with people from all over the world.

網路是你可以跟來自世界各地的人交朋友的地方。

That is **the hotel where** we will be staying.

那間飯店是我們要住的地方。

10. Sam went to bed. Sam 上床睡覺。

He didn't take a shower. 他沒有洗澡。

Sam went ________ without ________.

正解 Sam went **to bed** without **taking a shower**.

Sam 沒有洗澡就上床睡覺了。

解析

1. 這題考的是「介系詞＋動名詞（V-ing）」的用法。
2. 第三句的主詞與動詞跟第一句一樣，句中的 without 有否定意味，呼應第二句的 didn't，所以 without 後面是接第二句的內容。
3. without 是介系詞，後面要接動名詞（V-ing），所以要把第二句的動詞 take 換成 taking。without taking a shower 就是「沒有洗澡」「不洗澡」的意思。
4. 前面的內容按第一句照抄，所以此題結構就是：Sam went to bed（上床睡覺）without taking a shower.（沒有洗澡／淋浴）。

補充說明

類似用介系詞合併句子的題目還有：

He makes some money.

He sells used books.（用 by 合併句子）

答案是：He makes some money **by selling** used books.

第 11～15 題：重組

11. Can someone ________ machine?

me / this / how / to / show / use

正解 Can someone **show me how to use this** machine?

有人可以教我如何使用這台機器嗎？

解析

1. 這題考的是「how to＋原形動詞」的用法。
2. 句中已經有助動詞 Can 和主詞 someone，所以後面要有主要動詞。選項中可能是動詞的有 show 和 use。若選擇 use 的話，就會變成 Can someone use，卻會發現沒有適合的受詞，雖然 Can someone use this machine? 是正確的句子，但剩下的單字會沒地方放。所以動詞是 show。
3. show 後面可以接受詞 me，表示「示範給我看」的意思，後面接名詞片語（how to＋動詞），以表示「示範給我看要如何做～」。
4. how to 後面接原形動詞 use。
5. 整句結構就是：Can someone show me（有人可以示範給我看）how to use this machine?（要如何使用這台機器嗎）。

12. It is so ______________________ me.

you / kind / of / help / to

正解 It is so **kind of you to help** me.

你人真好，來幫我的忙。

解析

1. 這題考的是「It is＋形容詞＋of＋人物＋to V」的句型。
2. 因為找不到 It 可以代替哪個名詞，所以 It 是虛主詞，主要動詞是 is。
3. 從 so 可知後面要接形容詞，選項中的形容詞是 kind，so kind 表示「如此友善的」。
4. 此時要注意到「so＋形容詞＋of＋人」的句型，所以馬上寫下 It is so kind of you。
5. 剩下 to 和 help。前面提到「你人如此友善」，後面要提到「做某件事」，所以後面接 to help me。

13. The restaurant is ______________________ lunchtime.

full / people / during / always / of

正解 The restaurant is **always full of people during** lunchtime.

這家餐廳在午餐時間總是塞滿人。

解析

1. 這題考的是 be full of... 的用法。
2. 已知主詞和動詞是 The restaurant is（這家餐廳是），be 動詞後面可接副詞、形容詞，也就是 The restaurant is always full of，表示「這家餐廳總是充滿…」。

3. full of 後面接 people，以表示「到處都是人」的意思。
4. 句尾是 lunchtime，前面用介系詞，during lunchtime 表示「在午餐時間」的意思。

補充說明

be full of 和 be filled with 意思相似，都可表示「充滿」、「裝滿」。所以以下句子和本題同義：

The restaurant is always **filled with** people during lunchtime.

| 單字片語 | **lunchtime** [ˋlʌntʃˏtaɪm] 午餐時間

14. The Internet is a place ________________________________.

you / where / information / can / free / get

正解 The Internet is a place **where you can get free information**.

網路是一個你可以取得免費資訊的地方。

解析

1. 這題考的是關係副詞 where 的用法。
2. 已知有子句 The Internet is a place（網路是一個地方），可知後面要有連接詞或關係詞。
3. 看到 place 之後，若後面要接一子句，就要知道要用關係副詞 where 來連接。
4. 寫完 where 之後，後面要接有主詞、動詞等的完整子句，所以是 you can get free information（你可以得到免費資訊）。

15. The birds ______________________________ in the morning.

be / singing / can / heard

正解 The birds **can be heard singing** in the morning.

可以在早上聽到鳥兒在唱歌。

解析

1. 這題考的是被動語態（be + p.p.）的用法。
2. 一開始可知主詞是 The birds，所以後面要有主要動詞，其中只看到 can

和 be，而沒有其他可當主要動詞的單字，所以先寫下 The birds can be。

3. 剩下 singing 和 heard。be 後面可接 V-ing 或 V-p.p，但就語意和文法上來看，The birds can be heard singing（鳥兒可以被聽到在唱歌；可以聽到鳥兒在唱歌）會比 The birds can be singing heard 來得合理。
4. 因此感官動詞 be heard（被聽到）後面接動名詞 singing 當作補語，表示「被聽到在唱歌」。

第二部分 段落寫作 （50%）

題目：Miss Chen 在百貨公司的鞋店看到一雙她喜歡的鞋子，所以她立刻買下來。回到家後，她打開盒子卻發現兩隻鞋子的尺寸不一樣。她生氣地回到店裡，店員向她道歉並換了一雙新的鞋子給她。請根據這些圖片寫一篇約 50 字的短文。注意：未依提示作答者，將予扣分。

看圖描述

從題目文字已知，主角是 Chen 女士，去百貨公司買鞋子，後來發現兩隻鞋子的尺寸不同，便回到百貨公司理論。只要根據每張圖寫一、二個關鍵句子，再把這些句子串聯起來，即可成為一篇文章。以下每一張圖會列舉出兩組以上都對應到圖片的句子。

圖一：從圖中可知，場景是在鞋子專櫃。從女士指著一雙鞋子，從店員的對話框中提到金額可知，女士在問這雙鞋的價錢，而從第二張圖也可知女士把這雙鞋買回去了。可聯想的單字有：百貨公司 department store，去逛街購物 go shopping，鞋子 shoes 等等。

1. Miss Chen went shopping in a department store.

（Chen 女士在百貨公司逛街購物。）

2. She saw a pair of shoes she likes. She bought it.

（她看到一雙她喜歡的鞋子。她把這雙買了下來。）

圖二：從圖中可知，女士正打開盒子，並發現兩隻鞋子的尺寸不一樣大，表情很驚訝。可聯想的單字有：盒子 box，打開 open，感到驚訝 be surprised，尺寸 size，不一樣 different，比較大 bigger，比較小 smaller 等等。

1. When she opened the box at home, she was surprised.

（當她在家把盒子打開時，她感到很驚訝。）

2. One shoe was bigger than the other.（一隻鞋子比另外一隻還要大。）

3. She was surprised because she found the two shoes are different in sizes.

（她感到驚訝，因為她發現這兩隻鞋子的尺寸不一樣。）

圖三：從圖中可知，場景在女士當初買鞋子的地方。女士表情生氣，手裡拿著那雙尺寸不對的鞋子。店員向女士道歉，並換一雙正確的鞋子給她。可聯想的單字有：生氣 angry/angrily，回到店裡 go back to the store，店員 clerk，道歉 say sorry / apologize 等等。

1. She went back to the store angrily.（她氣沖沖地回到店裡。）
2. The clerk said sorry and gave her a new pair.
（店員向女士道歉，並給她一雙新的。）

高分策略

表示驚訝的情緒反應，除了用 she was surprised 之外，也可以用像是 she got a "surprise" 的表達，字面上是「她買／得到了一個驚喜」，也就是很驚訝的意思，或者用 she couldn't believe her eyes（她不敢相信她的眼睛），To her surprise（讓她感到驚訝的是）等等，來讓文章更有深度又具張力。

參考範例

Miss Chen went shopping in a department store. She saw a pair of shoes she likes, so she bought it. When she opened the box at home, she got a "surprise". One shoe was bigger than the other. She went back to the store angrily. The clerk said sorry and gave her a new pair. (55 字)

範例中譯

Chen 女士到一家百貨公司逛街購物。她看到一雙她喜歡的鞋子，所以她就買了下來。當她回家打開盒子時，她得到了一個「驚喜」。一隻鞋子比另外一隻還要大。她生氣地回到店裡，店員向她道歉，並換了一雙新的鞋子給她。

確認動詞時態

因為三張圖所描述的都是已經發生過的事，所以每張圖的時態都用過去式。不過如果遇到可以表示出習慣、事實的狀況時，還是可以用現在式。

1. Miss Chen **went** shopping in a department store.
   →用 go 的過去式 went 來表示「當時去逛街」。如果用現在式 Miss Chen goes shopping 就會是「Chen 女士常常去逛街」的意思。

2. She **saw** a pair of shoes she **likes,** so she **bought** it.
   →用 see, buy 的過去式 **saw, bought** 來表示「當時看到」、「當時買了」。這裡用現在式 she likes 可以表示「一直都很喜歡」。

3. When she **opened** the box at home, she **got** a "surprise".
→打開（opened）、得到（got）都是當時的動作，所以用過去式。

4. One shoe **was** bigger than the other.
→用過去式 was 表示當時的狀態，不過用現在式 is 也是可以的，表示一個事實。

5. She **went** back to the store angrily.
→用過去式 went 表示「當時走回去（went back）」。

6. The clerk **said** sorry and **gave** her a new pair.
→用過去式表示「當時說了（said）與「給了（gave）」。

文法&句型補充

1. see＋受詞＋（that）主詞＋動詞　　看到～的受詞
She **saw** a pair of shoes **(that) she likes**. 她看到她喜歡的一雙鞋子。

2. When A＋動詞過去式, A＋動詞過去式.　　當 A 做了～時，A 做了～。
When she **opened** the box at home, she **got** a "surprise".
當她回家打開盒子時，她得到了一個「驚喜」。

3. When A＋動詞過去式, B＋過去進行式
當 A 做了～時，B 正做～。
When she **opened** the door, a man **was standing** there.
當她開了門時，一位男子正站在那邊。

4. One... is＋比較級＋than the other　　一個～比另一個～還要～
One shoe was **bigger than the other.** 一隻鞋子比另一隻還要大。

5. V＋adv　　～地做～
She **went** back to the store **angrily**. 她生氣地回到店裡。

6. say sorry to... / apologize to...　　向～道歉
The clerk **said sorry to** her. 店員向她說聲抱歉。
The clerk **apologized to** her. 店員向她道歉。

第4回

複試 口說測驗 解析

TEST04_Ans.mp3

第一部分 複誦

共五題。題目不印在試卷上，由耳機播出，每題播出兩次，兩次之間大約有一至二秒的間隔。聽完兩次後，請馬上複誦一次。

1 Watch out for that scooter behind you!

小心你後面的機車！

答題策略

1. 分段記憶：在朗誦時，由於看不到題目，只能憑聽到的記憶再唸出來，因此在聽的時候最好是一段一段的記憶，免得一字一字記憶時會只記得前面而忘記後面，一開始會聽到題號，接著才是複誦內容。本句聽取時可按以下的方式分段記憶：
   Watch out | for that scooter | behind you!

2. 耳聽注意事項：
   (1) 片語通常會連在一起唸，watch out 可能唸成 [wɑtʃaʊt]。
   (2) 切勿把 scooter 聽成 school 了，要注意字尾的 [t] 和捲舌音。

3. 複誦注意事項：
   口氣：這句話的目的為提醒對方，請盡量模仿其提醒意味的口氣，若語調平平反而會很奇怪。

2 I need to go to the hospital.

我需要到醫院去。

答題策略

1. 分段記憶：本句聽取時可按以下的方式分段記憶：
   I need to | go to the hospital.

2. 耳聽注意事項：

句中有兩個 to，會唸得很小聲，要特別注意。而且 need to 會唸成像是 [ni tə]，因為 [d] 和 [t] 的發音位置一樣，[d] 音根本聽不到。

3. 複誦注意事項：

發音：就跟聽到的一樣，need to 要盡量唸得像是 [ni tə]，而不是每個音都唸得很清楚像是 [nid tu]，to 的發音也不需要特別強調而唸得很大聲。

3 People in Taiwan are friendly to foreigners.

在台灣的人對外國人很友善。

答題策略

1. 分段記憶：本句聽取時可按以下的方式分段記憶：

People in Taiwan | are friendly | to foreigners.

2. 耳聽注意事項：

介系詞 in 和 to 會唸得很小聲，聽起來會像是 People [n] Taiwan 以及 [t] foreigners。

3. 複誦注意事項：

音節：friendly 只有兩個音節，若太強調 friend 的 d，就會唸成不自然的 frien＋[də]＋ly 三個音節，因此 d 可以輕輕帶過，唸成像是 frien＋ly。

發音：foreigners 聽起來像是 fɔ-rɪ-nɚz，字尾的 s 唸作 [z]。

4 The bookstore is on the sixth floor.

書店在六樓。

答題策略

1. 分段記憶：本句聽取時可按以下的方式分段記憶：

The bookstore | is on the sixth floor.

2. 耳聽注意事項：

(1) is on 聽起來像是 [ɪzɑn]。

(2) 唸 sixth 時，外國人會把尾音 [θ] 唸出來，雖然會唸得很小聲，但不可省略為 six。

3. 複誦注意事項：

發音：由於 [θ] 和 [f] 的發音有些接近，剛好唸完 sixth 的 [θ] 之後又要唸 floor 的 [f]，建議唸完 sixth 後稍微停頓，再唸 floor。

連音：is on 要連音唸成 [ɪzɑn]。

5 Don't you understand?

你不明白嗎？

答題策略

1. 分段記憶：本句聽取時可按以下的方式分段記憶：

Don't you understand?（只有三個單字，無須分段，當作一組單字來記）

2. 耳聽注意事項：

此句應為表示不耐煩的口氣，所以 understand 的 stand 會被拉長，而且尾音會上揚。

3. 複誦注意事項：

口氣：盡量模仿說話者的口氣，把 understand 的 stand 拉長，並把尾音上揚，有加分作用。

▶▶▶ 第二部分 朗讀句子與短文

共有五個句子及一篇短文，請先利用一分鐘的時間閱讀試卷上的句子與短文，然後在一分鐘內以正常的速度，清楚正確的朗讀一遍。閱讀時請不要發出聲音。

1 This song was sung by many popular singers.
這首歌當時由許多知名的歌手一起唱。

高分解析

1. 朗讀句子與短文時，考生只會看到英文文字，無法像「複誦」一樣聽到音檔，所以無法照樣模仿，得自己想像句子該怎麼唸，因此句子該如何斷句、哪幾個單字必須強調、語調的高低都要在唸的時候先考慮好。以下幫各位讀者將斷句、強調單字及語調標示出來。

2. 本句的斷句（以｜表示），強調單字（以粗體字及底線表示）及語調（⇗表上升，⇘表下降）如下：

   This **<u>song</u>** was sung | by many **<u>popular</u>** singers.⇘

3. 要注意到在唸 This song 時，This 字尾與 song 字首都是 [s]，發音位置一樣，外國人一般不會分開來唸成 [ðɪs sɔŋ]，而是連音唸成 [ðɪ~sɔŋ]，[ðɪ] 的母音會拉長。was 字尾為 [z] 的發音，而 sung 字首是 [s] 的發音，也是一樣要連音，唸作 [wɑz~sɔŋ]，[z] 音會拉長再轉變成 [sɔŋ]。

4. sing 的過去式為 sang，唸作 [sæŋ]，過去分詞為 sung，唸作 [sʌŋ]。類似的變化有：

中文意思	原形動詞	過去式	過去分詞
唱歌	sing	sang	sung
響起	ring	rang	rung
游泳	swim	swam	swum
喝；喝酒	drink	drank	drunk
開始	begin	began	begun

| 單字 | **popular** [`pɑpjələ˞] 知名的 / **singer** [`sɪŋə˞] 歌手

2 The girl cried out as soon as she saw the cockroach.

小女孩一看到蟑螂就大叫。

高分解析

1. 本句的斷句（以｜表示），強調單字（以粗體字及底線表示）及語調（⇗表上升，⇘表下降）如下：
   The girl **cried out** | as soon as she saw the **cockroach**.⇘
2. 遇到沒學過的單字，可利用自然發音的規則試著唸。lock 或 block 的 ock 念作 [ɑk]，所以 cock 唸 [kɑk]；coach 唸 [kotʃ]，所以 roach 唸作 [rotʃ]，所以 cockroach 唸作 [kɑkrotʃ]。
3. 要注意到在唸 cried out 時要連音，唸成 [kraɪ daʊt]。在唸 as soon as 時，因 as 字尾為 [z] 的發音，而 soon 字首是 [s] 的發音，連音時會唸作 [æz~sun]，[z] 音會拉長再轉變成 [sun]。

| 單字 | cry out 喊叫 / as soon as 一…就… / cockroach [kɑkrotʃ] 蟑螂

3 Tell me what you want, and I'll get it for you.

告訴我你要什麼，我會買給你的。

高分解析

1. 本句的斷句（以｜表示），強調單字（以粗體字及底線表示）及語調（⇗表上升，⇘表下降）如下：
   Tell me what you **want** | and I'll **get** it for you.⇘
2. what 和 you 一起唸時，外國人會習慣性地連音念成 [hwɑtʃu]，[tʃu] 唸起來像 choose 字首的 [tʃu]。
3. 唸 I'll 時，先唸 [aɪ]，接著舌頭馬上頂住上顎發 [l] 音。
4. 外國人會習慣地把 get it 連音唸成 [gɛtɪ]，而且 get 的 [t] 音會唸得像是 [d]，it 的 [t] 幾乎聽不到。

4 Will you be free to join us for dinner tomorrow night?

明天晚上你有空跟我們一起吃晚餐嗎？

高分解析

1. 本句的斷句（以｜表示），強調單字（以粗體字及底線表示）及語調（⬀表上升，⬂表下降）如下：
   Will you be **free** | to join us for dinner | **tomorrow night**?⬀
2. join 和 us 會連音唸成 [dʒɔɪ nəs]。

| 單字 | **free** [fri] 自由的，有空的 / **join** [dʒɔɪn] 加入 / **dinner** [`dɪnɚ] 晚餐 / **tomorrow** [tə`mɔro] 明天

5 Please do not talk during the test.

測驗的時候請不要講話。

高分解析

1. 本句的斷句（以｜表示），強調單字（以粗體字及底線表示）及語調（⬀表上升，⬂表下降）如下：
   Please do not **talk** | during the **test**.⬂
2. 因為句子中提到的是 do not，而不是縮寫為 don't，所以唸的時候要唸 do not [du nɑt]。此句為嚴肅場合的用語，為表示鄭重，所以才不用 don't，而是把 do not 分開來唸。就像是「請勿…」的告示牌會用 Do not ~ 而非 Don't ~。
3. 外國人唸 do not talk 時，not 的 [t] 音幾乎聽不到，像是突然停頓一下後再唸 talk，聽起來像是 [du nɑ tɔk]。

| 單字 | **please** [pliz] 請，拜託 / **talk** [tɔk] 說話 / **during** [`djʊrɪŋ] 在…期間 / **test** [tɛst] 測驗

6 **Susan is in seventh grade. This is her first year in junior high school. She is worried because her parents keep telling her that life in junior high school is very different from life in elementary school. There are more subjects to study and the tests are more difficult.**

蘇珊現在念七年級。這是她在國中的第一年。因為她的父母一直告訴她說，國中的生活跟國小的生活很不一樣，所以她很擔心。會有比較多科目要讀，而且考試也比較難。

高分解析

1. 本句的斷句（以｜表示），強調單字（以粗體字及底線表示）及語調（⬀表上升，⬂表下降）如下：
   Susan is in **seventh** grade.⬂ | This is her **first** year | in **junior high** school.⬂ | She is **worried** | because her parents **keep** telling her | that **life**⬀ in junior high school | is very **different** from life in **elementary** school.⬂ | There are **more subjects** to study⬀ | and the **tests** are more **difficult**.⬂

2. 表示順序的序數 seventh，在唸的時候要把 th 的 [θ] 音唸出來，雖然 [θ] 音很小聲，但不能只唸 seven grade。

3. 唸 first year 時會連音唸作 [fɝs tjɪr]，[t] 音會唸得像 [d] 音。

4. different 有三個音節 [dɪfərənt]，不過也有外國人會省略為兩個 [dɪfrənt]，把中間的 -ferent 唸成 [frənt]。

5. elementary 有五個音節 [ɛ-lə-mɛn-tə-rɪ]，不過也有外國人會省略為四個音節 [ɛ-lə-mɛn-trɪ]，把-tary 唸成 [trɪ]。

6. 唸 life in 時會連音唸作 [laɪ fɪn]。

| 單字 | **seventh** [`sɛvənθ] 第七的 / **junior** [`dʒunjɚ] 較年幼的 / **different** [`dɪfərənt] 不同的 / **elementary** [ɛlə`mɛntərɪ] 基礎的 / **subject** [`sʌbdʒɪkt] 科目 / **difficult** [`dɪfə͵kəlt] 困難的

▶▶▶ 第三部分 回答問題

共七題。題目不印在試卷上，由耳機播出，每題播出兩次，兩次之間大約有一至二秒的間隔。聽完兩次後，請馬上回答，每題回答時間為 15 秒，回答時不一定要用完整的句子，但請在作答時間內儘量的表達。

1 Do you have a Facebook account? How often do you use it?

你有臉書帳號嗎？你多久使用一次？

答題策略

1. 聽到 Do you have ~ Facebook 和 How often ~ use 可知，主要是問是否有臉書以及使用頻率。大多數人應該都會說有臉書帳號，可提出有 Facebook 之後很方便，跟老同學、多年不見的朋友開始保持聯絡。
2. 如果你沒有臉書帳號也無妨，照實說就好，或者也可以順便提出 Facebook 的一些弊端。

回答範例 1

Of course I do. Who doesn't nowadays? I check my Facebook every day. I post pictures and messages. I also read my friends' messages and watch some funny videos.

當然有。現在誰沒有？我每天都會看我的臉書。我在上面貼照片和訊息。我也讀朋友的訊息，看一些有趣的影片。

回答範例 2

I don't have a Facebook account. I see my friends use it, but I think it is a waste of time. Maybe I will use it in the future, but now I have to study hard.

我沒有臉書帳號。我看我的朋友都在用，但我認為是浪費時間。也許我以後會用，但現在我必須用功讀書。

重點補充

整句聽下來，假如你真的沒聽過什麼叫做 Facebook，還是可以實話實説，講一下自己真的不知道這是什麼，自己知道的東西太少，應該要多看電視之類的來長知識。

Facebook? Is that a book? I don't really know what Facebook is. If it is something about the computer or the Internet, I really know very little about it. Maybe I should watch more TV.

Facebook？那是書嗎？我真的不知道 Facebook 是什麼。如果那是關於電腦或網路的東西，我真的不是很了解。也許我應該多看電視。

2 What do you usually do on Chinese New Year's Eve?

除夕當天你通常會做什麼？

答題策略

1. 聽到 What ~ do ~ New Year's Eve可知，主要是問除夕當天會做的事情。除夕當天可以做的事情還真不少，你可以說在廚房幫媽媽的忙，或是佈置家裡之類的。
2. 建議挑比較容易的事情來說。如果「貼春聯」太難不會說，就改為「佈置家裡」，如果「守歲」不會說，就改為「很晚睡」、「跟家人聊天」等等。

回答範例1

This is a special day. My family always have a big dinner, so I help out in the kitchen. My mom is very busy, so I give her a hand.

這是特別的一天。我們一家人都會享用大餐，所以我會在廚房幫忙。我的媽媽會很忙，所以我會幫她的忙。

回答範例2

My mom doesn't want me in the kitchen, so I help to decorate the house. After dinner, I watch TV and play cards with my cousins. We go to bed late.

我媽不想要我在廚房，所以我會幫忙佈置家裡。晚餐之後，我會跟我的表／堂兄弟姊妹們看電視、玩牌。我們很晚才睡。

3 Did you ever tell a lie?
你曾經說過謊嗎？

答題策略

1. 聽到 Did you ~ tell ~ lie 可知，主要是問說謊的經驗。人非聖賢，誰沒有說過謊？重點是，舉一個比較容易用英文解釋的說謊經驗。例如，跟媽媽說在用電腦做功課，但其實是在跟朋友聊天。或者是，某位朋友問了你某個問題，但你說了個善意的謊言。
2. 假如你真的是那種一言既出，駟馬難追的人，就說你不喜歡說謊，因為謊言終有一天會被戳破，而且好朋友之間不應該說謊。

回答範例1

I guess I did. Sometimes my friends asked me about their clothes and hairstyles. I told them the clothes were beautiful, but it was a white lie.

我想我有說過吧。有的時候，我的朋友會問我關於他們的衣服和髮型。我告訴他們說衣服很漂亮，不過其實是善意的謊言。

回答範例2

I hate to tell lies because honesty is the best policy. Sometimes you forget the lies you tell and people will know. Good friends should not lie to one another.

我討厭說謊，因為誠實為上策。有時候你會忘記你說過的謊，這樣的話人們就會知道你在說謊。好朋友之間不應該說謊。

重點補充

如果已經忘了當初為什麼要說謊，也可以把別人說謊的經驗說出來。

I seldom told lies. But my mother does. She often bought something I like to eat. But she never bought it for herself. She said she was not hungry. In fact, she wanted to save money.

我很少說謊。但我媽常說謊。她常買我喜歡吃的東西，但她從來不買她喜歡吃的。她都說她不餓，但事實上，她是想省錢。

4 What is your father like? How does he look?

你爸爸是什麼樣的人？他看起來怎麼樣？

答題策略

1. 聽到 What is ~ father like 可知，主要是問爸爸是怎麼樣的人。除了年紀、外貌、身高，還可以提到爸爸的為人和個性。
2. 可以提出其中一點，再利用例子加以補充說明。

回答範例 1

My father looks young. Sometimes people think he is my brother. He is friendly and kind. He is very patient when he talks with old people.

我爸爸看起來很年輕。有的時候，別人以為他是我的哥哥。他很友善，人也很好，當他跟老人家說話時，他很有耐心。

回答範例 2

What can I say? My father is very strict. He doesn’t allow me to use the cell phone or computer. He always calls my teachers and checks what I do in school.

我能說什麼呢？我爸爸很嚴格。他不允許我用手機或電腦。他總是打電話給我的老師，確認我都在學校做些什麼。

重點補充

遇到這種談論家人的題目，如果有什麼難言之隱，不願意多談，除了實話實說之外（例如：我沒有父親），其實還可以用假設語氣的 I wish I could 句型，表達自己希望有什麼樣的爸爸。

I wish I could have a father who could be very good to me and to my mom. I wish he could share everything with me, tell me some jokes, and play with me.

真希望我能有一位對我和我媽媽很好的爸爸。我希望他能和我分享所有事情，說笑話給我聽，跟我一起玩。

5 What do you want to do after you graduate from school?

你畢業之後想要做什麼？

答題策略

1. 聽到 What ~ you ~ do after ~ graduate 可知，主要是問畢業之後想要做的事。如果已經想好了，可以解釋為什麼要做這個選擇，這個選擇的優點是什麼。

2. 如果不曾想過，可以先交代自己的興趣，預留伏筆，甚至說不排除到國外留學、工作之類的選擇。

回答範例 1

I love to cook, so I want to be a chef. To me, it is very interesting. I hope I can have my own restaurant in the future.

我喜歡烹飪，所以我想當廚師。對我來說這很有趣。我希望未來我能擁有自己的餐廳。

回答範例2

I have no idea. I enjoy reading and writing. Maybe I can study in America after I graduate.

我不知道。我喜歡閱讀和寫作。或許畢業之後我可以到美國念書。

6 Your friend, Lucy, wants to lose weight. Tell her how to do it.

你的朋友 Lucy 想要減肥。告訴她該怎麼做。

答題策略

1. 聽到 Your friend ~ wants ~ lose weight ~ tell ~ how to do ~ 可知，主要是要你假想有一個想要減肥的朋友，並要你給予她關於減肥的建議。關於減重方面的建議有：多運動，少吃某些食物，睡眠要充足等。
2. 除了建議之外，也可以提到要趕快進行相關計畫。

回答範例1

I know it is easy to say but hard to do. Try to exercise at least twice a week. Keep away from fried food, especially French fries. Make sure you have enough sleep.

我知道說很容易，但做起來很難。試著一週運動至少兩次。避開油炸食物，尤其是薯條。睡眠務必要充足。

回答範例2

I think you already know what to do. I will not repeat the things you already know. What you need now is a plan. Write it down and follow it.

我想你已經知道要做什麼了吧。我不想重複你已經知道的事。你現在需要的是一個計畫。把計畫寫下來並且去遵守。

7 You are at the post office. You want to send a package to a friend who lives overseas. Tell the clerk what you want to do.

你現在在郵局，你想要寄包裹給一位住在國外的朋友。請試著告訴櫃台人員你要做的。

答題策略

1. 聽到 You ~ at ~ post office ~ send ~ package ~ friend ~ overseas 以及 tell ~ clerk ~ what ~ want to do 可知，主要是要你假想你在郵局準備要寄包裹給朋友的情境，要你試著跟郵局櫃檯人員進行關於郵寄包裹的對話。題目已經點出了場景，回答時先禮貌性地問候，接著可以先重複題目中提到的訴求，再額外補充一些細節，例如要寄到哪一個國家之類的資訊。
2. 也可以詢問一些常見的問題，例如多少錢、多少天會送到、要寫什麼等等。

回答範例 1

Hello. I want to send this package to a friend in the UK. Some books and clothes. What should I do? Do I need to buy a box?

你好。我要寄這個包裹給一位在英國的朋友。一些書和衣服。我該怎麼做呢？需要買箱子嗎？

回答範例 2

Excuse me. I want to send this package to a friend in the US. How much is it? How many days will it take? What do I need to write here? I don't have my friend's telephone number.

抱歉，我要寄這個包裹給一位在美國的朋友。這樣要多少錢？需要幾天才會到？這裡需要寫什麼？我沒有我朋友的電話號碼。

全民英語能力分級檢定測驗

初級寫作能力測驗

第五回　寫作能力測驗答題注意事項

1. 本測驗共有兩部分。第一部分為單句寫作，第二部分為段落寫作。測驗時間為 40 分鐘。

2. 請利用試題紙空白處擬稿，但正答務必書寫在「寫作能力測驗答案紙」上。在答案紙以外的地方作答，不予計分。

3. 第一部分單句寫作請自答案紙第一頁開始作答，第二部分段落寫作請在答案紙第二頁作答。

4. 作答請勿隔行書寫，請注意字跡應清晰可讀，並保持答案紙之清潔，以免影響評分。

5. 未獲監試人員指示前，請勿翻閱試題紙。

6. 測驗時，不得在准考證或其他物品上抄題，亦不得有傳遞、夾帶小抄、左顧右盼或交談等違規行為。

7. 意圖或已經將試題紙攜出試場者，五年內不得報名參加本測驗。請人代考者，連同代考者，三年內不得報名參加本測驗。

8. 測驗結束時，須立即停止作答，在原位靜候監試人員收回全部試題紙及答案紙，清點無誤後，宣佈結束始可離場。

9. 應試者入場、出場及測驗中如有違反上列規則或不服監試人員之指示者，監試人員得取消其應試資格並請其離場，且作答不予計分。

第一部分：單句寫作（50%）

請將答案寫在答案紙上對應的題號旁，如有文法、用字、拼字、標點符號、大小寫等之錯誤，將予扣分。

第 1～5 題：句子改寫

請依題目之提示，將原句依指定形式改寫，並將改寫的句子完整地寫在答案紙上。***注意：每題均需寫出完整的句子，否則將予扣分。***

> 例：第一句：The book is pink.
> 　　第二句：It ________________.
> 　　在答案紙上寫：***It is pink***.

1. What you need is here.
   Here is ____.

2. It took us two days to decorate the house.
   How __________________________________ to decorate the house?

3. A lady said, “Could you give me a hand?”
   The lady asked me if __________________________________ hand.

4. I can’t help you because I am very busy right now.
   I am _______________________, so ____________________________.

5. There are more than two hundred languages in the world.
   How many ____?

第 6～10 題：句子合併

請依題目之提示，將兩句合併成一句，並將合併的句子完整地寫在答案紙上。注意：每題均需寫出完整的句子，否則將予扣分。

例：Mary has a cell phone. The cell phone is red. 題目：Mary ______________________________ phone. 在答案紙上寫：***Mary has a red cell phone***.

6. Mr. Wang is a dentist.
   Mrs. Wang is a dentist, too.
   Both ____.

7. This diamond ring is so cheap.
   It can't be real.
   This ______________ too ______________ to ______________.

8. Sandy is 165 cm tall.
   Her mother is also 165 cm tall.
   Sandy ______________ as ______________ as ______________.

9. Study hard for the test.
   You may fail it.
   Study ______________________ or ________________________.

10. He is happy today.
    He got many presents.
    Because ______________________, ______________________.

第 11～15 題：重組

請將題目中所有提示的字詞整合成一有意義的句子，並將重組的句子完整地寫在答案紙上。***注意：每題均需寫出完整的句子。答案中必須使用所有提示的字詞，且不能隨意增減字詞及標點符號，否則不予計分。***

例：題目：They ________________ .

Jack / me / call

在答案紙上寫：***They call me Jack***.

11. Give me ____ problem.

there / if / a call / a / is

12. The house ____ dollars.

more than / ten / him / cost / million

13. Never ____ delicious food!

have / tasted / such / I

14. My mother ____.

housework / herself / all the / does / by

15. His boss ____.

him / work / until / had / midnight

第二部分：段落寫作（50%）

題目：有一天，一位外國女生問 Peter 一個問題，她提到想要買滑鼠（mouse）。結果 Peter 帶她到寵物店，並指著籠子裡的老鼠。那位外國女生看起來很疑惑。她解釋說她要買的是電腦滑鼠，不是真的老鼠。請根據這些圖片寫一篇約 50 字的短文。***注意：未依提示作答者，將予扣分。***

全民英語能力分級檢定測驗

初級寫作能力測驗答案紙

第一部分（請依題目序號作答，並寫出完整的句子）

1. ______________________________ 1

2. ______________________________ 2

3. ______________________________ 3

4. ______________________________ 4

5. ______________________________ 5

6. ______________________________ 6

7. ______________________________ 7

8. ______________________________ 8

9. ______________________________ 9

10. ______________________________ 10

第 1 頁

請翻至第 2 頁繼續作答

11. 11

12. 12

13. 13

14. 14

15. 15

第二部分（請由此開始作答，勿隔行書寫。）

5

10

寫作能力測驗級分說明

第一部分：單句寫作級分說明

級分	說　明
2	正確無誤。
1	有誤，但重點結構正確。
0	錯誤過多、未答、等同未答。

第二部分：段落寫作級分說明

級分	說　明
5	正確表達題目之要求；文法、用字等幾乎無誤。
4	大致正確表達題目之要求；文法、用字等有誤，但不影響讀者之理解。
3	大致回答題目之要求，但未能完全達意；文法、用字等有誤，稍影響讀者之理解。
2	部分回答題目之要求，表達上有令人不解/誤解之處；文法、用字等皆有誤，讀者須耐心解讀。
1	僅回答 1 個問題或重點；文法、用字等錯誤過多，嚴重影響讀者之理解。
0	未答、等同未答。

各部分題型之題數、級分及總分計算公式

<table>
<tr><th>分項測驗</th><th>測驗題型</th><th>各部分題數</th><th>每題級分</th><th>佔總分比重</th></tr>
<tr><td rowspan="3">第一部分：
單句寫作</td><td>A.句子改寫</td><td>5 題</td><td>2 分</td><td rowspan="3">50%</td></tr>
<tr><td>B.句子合併</td><td>5 題</td><td>2 分</td></tr>
<tr><td>C.重組</td><td>5 題</td><td>2 分</td></tr>
<tr><td>第二部分：
段落寫作</td><td>看圖寫作</td><td>1 篇</td><td>5 分</td><td>50%</td></tr>
<tr><td>總分計算公式</td><td colspan="4">公式：{(第一部分得分/30)＋(第二部分得分/5)}×50
例：　第一部分得分　A－8 分　B－10 分　C－8 分
8+10+8=26
三項加總第一部分得分　－　26 分
第二部分得分　－　4 分
依公式計算如下：
{(26/30)+(4/5)}×50=83 該考生得分 83 分</td></tr>
</table>

第五回　口說能力測驗答題注意事項

1. 本測驗問題由耳機播放，回答則經麥克風錄下。分複誦、朗讀句子與短文、回答問題三部分，時間共約十分鐘，連同口試說明時間共需約五十分鐘。

2. 第一部分複誦的題目播出兩次，聽完兩次後，立即複誦一次。第二部分朗讀句子與短文有一分鐘準備時間，請勿唸出聲音，待聽到「請開始朗讀」，再將句子與短文唸出來。第三部分回答問題的題目播出兩次，聽完第二次題目後請在作答時間內盡量的表達。

3. 錄音設備皆已事先完成設定，請勿觸動任何機件，以免影響錄音。測驗時請戴妥耳機，將麥克風調到嘴邊約三公分處，聽清楚說明，依指示以適中音量回答。

4. 請注意測驗時不可在答案紙上畫線、打“✓”或作任何記號；不可在准考證或其他物品上抄題；亦不可有傳遞、夾帶小抄、左顧右盼或交談等違規行為。

5. 意圖或已將試題紙或試題影音資料攜出或傳送出試場者，視同侵犯本中心著作財產權，限五年內不得報名參加「全民英檢」測驗。請人代考，連同代考者，三年內不得報名參加本測驗。

6. 測驗結束時，須立即停止作答，在原位靜候監試人員收回全部試題紙並清點無誤後，等候監試人員宣布結束後始可離場。

7. 入場、出場及測驗中如有違反上列規則或不服監試人員之指示者，監試人員將取消您的應試資格並請您離場，且測驗成績不予計分，亦不退費。

全民英語能力分級檢定測驗
初級口說能力測驗

TEST05.mp3

請在 15 秒內完成並唸出下列自我介紹的句子：

My seat number is（複試座位號碼）, and my test number is（初試准考證號碼）.

第一部分：複誦

共五題。題目不印在試卷上，由耳機播出，每題播出兩次，兩次之間大約有一至二秒的間隔。聽完兩次後，請馬上複誦一次。

第二部分：朗讀句子與短文

共有五個句子及一篇短文，請先利用一分鐘的時間閱讀試卷上的句子與短文，然後在一分鐘內以正常的速度，清楚正確的朗讀一遍。閱讀時請不要發出聲音。

One: Something's wrong with that sign on the door.

Two: Passengers are not allowed to eat or drink on the MRT train.

Three: My sister is always reading and sending messages on her smartphone.

Four: How can you believe such a silly story?

Five: We'd better hurry or we will be late for school.

Six: Do girls have to wear skirts to school? This question led to a lot of discussion on the Internet. Many people thought that girls have the right to wear either pants or skirts. Schools should not make wearing skirts a rule. However, others think it is reasonable.

第三部分：回答問題

共七題。題目不印在試卷上，由耳機播出，每題播出兩次，兩次之間大約有一至二秒的間隔。聽完兩次後，請馬上回答，每題回答時間為 15 秒，回答時不一定要用完整的句子，但請在作答時間內儘量的表達。

請將下列自我介紹的句子再唸一遍：

My seat number is（複試座位號碼）, and my test nuber is（初試准考證號碼）.

口說能力測驗級分說明

評分項目（一）：發音、語調和流利度（就第一、二、三部分之整體表現評分）

級分	說　明
5	發音、語調正確、自然，表達流利，無礙溝通。
4	發音、語調大致正確、自然，雖然有錯但不妨礙聽者的了解。表達尚稱流利，無礙溝通。
3	發音、語調時有錯誤，但仍可理解。說話速度較慢，時有停頓，但仍可溝通。
2	發音、語調常有錯誤，影響聽者的理解。說話速度慢，時常停頓，影響表達。
1	發音、語調錯誤甚多，不當停頓甚多，聽者難以理解。
0	未答或等同未答。

評分項目（二）：文法、字彙之正確性和適切性（就第三部分之表現評分）

級分	說　明
5	表達內容符合題目要求，能大致掌握基本語法及字彙。
4	表達內容大致符合題目要求，基本語法及字彙大致正確，但尚未能自在運用。
3	表達內容多不可解，語法常有錯誤，且字彙有限，因而阻礙表達。
2	表達內容難解，語法錯誤多，語句多呈片段，不當停頓甚多，字彙不足，表達費力。
1	幾乎無句型語法可言，字彙嚴重不足，難以表達。
0	未答或等同未答。

發音、語調和流利度部分根據第一、二、三部分之整體表現評分，文法、字彙則僅根據第三部分之表現評分，兩項仍分別給 0~5 級分，各佔 50%。

計分說明

某考生各項得分如下面表格所示：

評分項目	評分部分	得分
發音、語調、流利度	第一、二、三部分	4
文法、字彙之正確性和適切性	第三部分	3

百分制總分之計算：(4＋3)×10 分＝70 分

複試 寫作測驗 解析

第一部分 單句寫作 （50%）

請將答案寫在答案紙上對應的題號旁，如有文法、用字、拼字、標點符號、大小寫等之錯誤，將予扣分。

第 1～5 題：句子改寫

1. What you need is here.

你需要的東西在這裡。

Here is ______________________________.

Here is **what you need**.

這是你所需要的（東西）。

解析

1. 這題考的是「Here + V / be V + S」的倒裝句用法。
2. 看到第二句以 Here is 開頭，與第一句是放在句尾不同，就要知道這是倒裝句用法。倒裝句的定義是把原本的「S（主詞）+ V（動詞）+ 副詞」語順，倒過來變成「副詞 + V（動詞） + S（主詞）」。
3. 因此 Here is 後面要放第一句的主詞，即 what you need（你所需要的東西）。

補充說明

假如主詞（S）為代名詞，例如 I、he、she、it、they 等等，就不適用「Here + V / be V + S」的倒裝用法，要用原本的 S + V 句型。

主詞（S）為【代名詞】時，不能倒裝，只能用 S+V / Be 動詞	主詞（S）為【名詞】時，可以倒裝用 V / Be 動詞+S
Here **it is**. 東西找到了。有了。	Here **is the book**. 就是這本書。
Here **they come**. 他們來了。	Here **comes the bus**. 公車來了。

2. It took us two days to decorate the house.

佈置這間房子花了我們兩天的時間。

How ______________________________ to decorate the house?

正解 How **long (much time) did it take you** to decorate the house?

佈置這間房子花了你們多久時間？

解析

1. 看到第二句的疑問詞 How 和句尾的問號（?）可知，這題考的是「It takes 某人 + 時間 to V」的原問句。
2. 要知道第一句的原問句，就要想像一般人是聽到什麼問句，才會回答「佈置這間房子花了我們兩天的時間」。
3. 以 How 開頭的問句很多，可能是問方式、時間長短、狀況如何、多少錢等等，從第一句的 took us two days（花了兩天）可知，是問時間長短，所以原問句為「How long did it take 某人 to V? 」句型。
4. 題目的動詞 took 為過去式，原問句的助動詞要用 did。
5. 助動詞 did 後面的動詞要用原形動詞，took 改為 take。所以就完成了 How long did it take you...?（花了你多久…？）。
6. 後面再接 to decorate the house（佈置房子）來完成。

補充說明

若題目的動詞改為 spend 要怎麼回答呢？請見以下例題：

It took us two days to decorate the house.

How ______________________________ spend decorating the house?

正解 1：**How long did you spend decorating** the house?

正解 2：**How much time did you spend decorating** the house?

因為動詞 spend 要以人當作主詞，所以原問句的主詞用 you（你們），而疑問詞可以用 How long 或 How much time。

3. A lady said, "Could you give me a hand?"

一位女士說「你可以幫我一個忙嗎？」

The lady asked me if ______________________________ hand.

正解 The lady asked me if **I could give her a** hand?

那位女士問我是否能幫她一個忙。

解析

1. 這題考的是「ask... if S + V」的間接問句。
2. 第一句呈現的是某人所說的話，從引號內容“Could you give me a hand?”可知是請求協助。而第二句則用主詞、動詞、受詞與連接詞 if 呈現一直述句，由此可推測，要用換句話說以間接問句的方式寫出第一句的大意。
3. 第二句的受詞為 me，可知“Could you give me a hand?”這句話是對「我 me」說。
4. 要把引號內的內容變成間接問句，就要用 if，後面再接有主詞、動詞的完整子句，即 if I could...。
5. 用中文來理解的話就是：「那位女士問我是否能幫她」，所以要把引號中的 me 改為 her。
6. give her a hand 或 lend her a hand 是「對她伸出援手」、「幫她一個忙」的意思。

4. I can't help you because I am very busy right now.

我無法幫你，因為我現在很忙。

I am ____________________, so ____________________.

正解 I am **very busy right now**, so **I can't help you**.

我現在很忙，所以我無法幫你。

解析

1. 從第二句的 so 和第一句的 because 可知，這題考的是從 because 改為 so 的用法。要注意一個重點，在一個句子裡面只能用一個連接詞，不是用 because，就是用 so，無法兩者都用。
2. 另外要注意，會用到 because 或 so，表示此句中兩個子句有因果關係，其中一子句在說明原因。說明原因的子句放在 because 的後面，或放在 so 的前面。
3. 原因的內容是「我現在很忙」，即 I am very busy right now。
4. so 後面寫結果，結果是「我不能幫你」，即 so I can't help you。

5. There are more than two hundred languages in the world.

世界上有兩百多種語言。

How many ____?

正解 How many **languages are there in the world**?

世界上有多少種語言？

解析

1. 看到第二句的疑問詞 How many 和問號（?）可知，這題考的是原問句，要用「How many + 可數名詞 + are there... ?」的句型來回答。
2. 第一句提到 There are more than two hundred languages...，two hundred languages 指「兩百種語言」的意思，原問句就是「有多少種語言」，所以 How many 後面接複數形的 languages。
3. 因為是問句，所以要把 there are 改為倒裝的 are there。
4. 地方副詞片語 in the world 放最後。

補充說明

若要問的主題是不可數名詞，就用「How much + 不可數名詞 + is there... ?」句型來造原問句。請見例句：

How much money is there in my wallet?

我的錢包裡有多少錢？

第 6～10 題：句子合併

6. Mr. Wang is a dentist. 王先生是牙醫。

Mrs. Wang is a dentist, too. 王太太也是牙醫。

Both ____.

正解 Both **Mr. and Mrs. Wang are dentists**.

王先生和王太太兩位都是牙醫。

解析

1. 從第三句開頭的 Both，以及第一、二句的補語都是 dentist 可知，這題考的是 Both... and... are...（兩者都⋯）的用法。

2. 首先要知道 Both 後面接兩個主詞，兩主詞用 and 連接，所以合併兩句的主詞，即 Both Mr. and Mrs. Wang。
3. 王先生和王太太兩人為複數，Be 動詞改為 are。
4. 兩人都是牙醫，dentist 也改為複數 dentists。

補充說明

Both... and... are（兩者都是）的否定表達為 Neither... nor... is（兩者都不是）。另外一個句型 Either... or... is，要表達的是「兩者其中之一是…」，也就是「其中一個不是」的意思。

Neither Mr. Wang **nor** Mrs. Wang is a dentist. 王先生和王太太都不是牙醫。

Either Mr. Wang **or** Mrs. Wang is a dentist.
王先生或王太太其中一位是牙醫。

7. This diamond ring is so cheap. **這個鑽戒真便宜。**
It can't be real. **它不可能是真的。**

This ______________ too ________________ to ________________.

正解 This **diamond ring is** too **cheap** to **be real**.
這個鑽戒太便宜了，不太可能是真的。

解析

1. 從第三句的 too 和 to 可知，這題考的是 too... to V...（太…所以不能…）的句型。
2. 第三句一開頭用 This，可知主詞寫 This diamond ring，動詞寫 is。
3. too 後面接形容詞，即第一句的 cheap。因為有 too 就不需要 so，所以 so cheap 改為 too cheap。
4. 在 too... to V 句型中，to V 帶有否定意味，與第二句的 can't be real 同樣是否定意味，所以 to 後面接原形動詞 be 和 real，不用再寫 can't。

補充說明

若這題是考 so... that...（太…以至於）句型，that 後面要接主詞和動詞。so... that... 並不帶有否定意味，所以要寫出 can't。請看以下例句：

This diamond ring is **so** cheap **that** it can't be real.

8. Sandy is 165 cm tall. Sandy 165 公分高。

Her mother is also 165 cm tall. 她媽媽也是 165 公分高。

Sandy ______________ as ______________ as ______________.

正解 Sandy is as tall as her mother.

Sandy 跟她的媽媽一樣高。

解析

1. 從第三句的兩個 as 可知，這題考的是 as... as...（和…一樣…）的用法。
2. 一開始可看到主詞 Sandy，與第一句相同，所以直接照抄 Sandy is...。
3. 這時要知道 as... as 中間用形容詞或副詞，既然 Sandy 和媽媽都是「165 公分高」，可見兩人一樣高，所以是 as tall as。
4. as tall as 後面接要比較的對象，也就是第二句的 her mother，馬上寫 as tall as her mother（和她的媽媽一樣高）。

9. Study hard for the test. 為測驗用功讀書。

You may fail it. 你可能會考差。

Study ______________________ or ______________________.

正解 Study hard for the test or you may fail it.

要為測驗用功讀書，不然你可能會不及格。

解析

1. 從第三句的 or 可知，這題考的是連接詞「否則 or」的用法。
2. 第一句和第二句是條件關係，而第三句和第一句都是祈使句，所以合併之後會有「要做～，否則～」的意思。
3. 和第一句一樣用 Study 開頭，所以 or 前面先照抄寫出條件，也就是「為測驗用功讀書」Study hard for the test。
4. or 後面接沒做到條件的後果，後果為「你可能會考不及格」，所以要寫 you may fail it。

補充說明

若題目是考 so that（這樣才能），就用 you may pass it（及格），請見例句：

Study hard for the test.

You may pass it.

Study ________________________ so that ________________________.

正解：Study **hard for the test** so that **you may pass it**.

（要為測驗用功讀書，這樣你才能考好。）

10. He is happy today. **他今天很開心。**

He got many presents. **他得到很多禮物。**

Because ________________________ , ________________________ .

正解 Because **he got many presents**, **he is happy today**.

因為他得到很多禮物，他今天很開心。

解析

1. 從第三句的 Because 可知，這題考的是連接詞「Because 因為」的用法。可知第一、二句為因果關係。因：得到禮物，果：很開心。
2. Because 後面的子句寫原因，即「他得到很多禮物」，Because he got many presents。
3. 逗號之後寫結果，同時要注意：有 Because（因為），就不需要 so（所以）。因此逗號之後直接寫：he is happy today。

補充說明

because 有時也會出現在句子中間，because 後面說明原因。請見例句：

He is happy today **because** he got many presents.

第 11～15 題：重組

11. Give me ________________________________ problem.

there / if / a call / a / is

正解 Give me **a call if there is a** problem.

如果有問題的話，就打通電話給我。

解析

1. 這題考的是連接詞「if 如果」的用法。
2. 從一開始的 Give me 可知這是一個祈使句。
3. Give me 的 me 是間接受詞，後面要有直接受詞，所以先找出名詞的單字或片語，最適合的是 a call。所以就完成了 Give me a call（給我一通電話）。
4. 看到 if（如果），就知道後面接條件子句，我們可以從 there、a、is 這些單字以及句尾的 problem 構成一子句，即 there is a problem。
5. 因此 if 就放在 Give me a call 和 there is a problem 中間，語意也通順。

12. The house ______________________________ dollars.

more than / ten / him / cost / million

正解 The house **cost him more than ten million** dollars.

這房子花了他超過一千萬元。

解析

1. 這題考的是「物＋cost＋人＋錢」的句型。
2. 主詞為物品（The house），句尾是金額（dollars），可推測此句跟「這房子值多少錢」有關，趕緊找與花費、價值等等相關的動詞。選項中最適合的是 cost，所以先完成了 The house cost。
3. 這時要知道 cost 後面接人物名詞，所以就完成了 The house cost him（這房子花了他）。
4. 後面要寫與價格相關的表達，即 ten million dollars（一千萬元），more than 放在前面做為修飾，也就是 more than ten million dollars。

13. Never ______________________________ delicious food!

have / tasted / such / I

正解 Never **have I tasted such** delicious food!

我從來沒嚐過如此美味的食物！

解析

1. 這題考的是以 Never 開頭的倒裝句。
2. 從一開始的 Never 來看，句子會有兩種可能的表達，一種是祈使句，即

「Never＋動詞原形」，表示「絕對不要～」；另一種是以倒裝句方式來表達一般直述句，即把原本的 S + V「倒」過來，改為 V + S 結構，也就是「Never＋助動詞＋主詞＋動詞」，以表示「（主詞）從未／絕不～」。

3. 若朝祈使句的方向思考，Never 後面要接動詞原形 have，再接受詞，不過這樣就會有其他單字無法填入，所以不正確。所以要往倒裝句的方向思考。
4. Never 後面先找到助動詞，唯一適合的是 have，作為現在完成式的助動詞。主詞是 I，後面接動詞（過去分詞）的 tasted，就完成了 Never have I tasted。
5. 剩下來的 such 接在 delicious food 前面。such delicious food 表示「如此美味的食物」。
6. Never have I tasted... 原本的樣子是 I have never tasted... 。

14. My mother ______________________________.

housework / herself / all the / does / by

正解 My mother **does all the housework by herself**.

我媽媽自己一人做所有的家事。

解析

1. 這題考的是反身代名詞「herself」的用法。
2. 一開始可以看到主詞為 My mother，所以後面要找到動詞。選項中最適合的是 does，正好也符合第三人稱單數的動詞變化。
3. My mother does（我的媽媽做⋯）後面要接受詞，選項中可當受詞的是 housework 和 herself，但 does housework 會比 does herself 合邏輯，所以 does 的受詞是 housework。
4. 選項中還有 all the，可用來修飾名詞 housework，所以就完成了 My mother does all the housework
5. 剩下的 by 和 herself 放在句尾。

補充說明

一般用反身代名詞表示「～自己」時，介系詞 by 可省略，如以下例句：

My mother does all the housework **herself**.

15. His boss ______________________________.

him / work / until / had / midnight

正解 His boss **had him work until midnight**.

他的老闆要他工作到半夜。

解析

1. 這題考的是使役動詞「have（使）＋某人＋原形動詞」。
2. 一開始可以看到主詞為 His boss（他的老闆），接著要找出動詞。選項中可能的是 work 或 had，但因為 His boss 是第三人稱單數，動詞現在式要加 s 或者用過去式，因此主要動詞就不是 work，而是 had。
3. had 可以當作一般動詞（可表示：有；吃；使～），或者過去分詞（Vp.p.）的助動詞，但因選項中沒有過去分詞（Vp.p.），所以是作為一般動詞。
4. had 後面接受詞，若寫成 His boss had work 或 His boss had midnight，語意不順，而且會讓剩下來的單字無法填入，所以 had 後面接 him。
5. 若 had 後面接 him，表示 had 為使役動詞，him 後面要接原形動詞 work，表示「使／要他工作」的意思。
6. 時間副詞 until midnight 放在句尾，而且整個句子也符合邏輯。

補充說明

若此題的選項把 had 改為 asked，後面的動詞就要接不定詞 to V，請見例句：

His boss **asked** him **to work** until midnight.

▶▶▶ 第二部分 段落寫作 （50%）

題目：有一天，一位外國女生問 Peter 一個問題，她提到想要買滑鼠（mouse）。結果 Peter 帶她到寵物店，並指著籠子裡的老鼠。那位外國女生看起來很疑惑。她解釋說她要買的是電腦滑鼠，不是真的老鼠。請根據這些圖片寫一篇約 50 字的短文。注意：未依提示作答者，將予扣分。

看圖描述

從題目文字已知，主角是一位外國女子與一位名叫 Peter 的男生，對話的主題是關於買滑鼠。由於英文的 mouse 可以表示動物的「老鼠」與電腦的「滑鼠」，因而造成兩人的誤解。只要根據每張圖寫一、兩個關鍵句子，再把這些句子串聯起來，即可成為一篇文章。以下每一張圖會列舉出兩組以上都對應到圖片的句子。

圖一：從圖中可知外國女生用英文問 Peter 可以買到 mouse（滑鼠）的地方，請 Peter 協助，而 Peter 誤以為是「老鼠」。可聯想的詞彙有：一位外國人 a foreigner, 問問題 ask a question, 用英文 in English, 想要 want, 買 buy, 滑鼠 mouse, 請求～的協助 ask ~ a favor, 哪裡 where。

1. A foreigner asked Peter a question.
（一位外國人問 Peter 一個問題。）
2. She needed to buy a mouse.
（她需要買一個滑鼠。）
3. Peter thought she wanted to buy a mouse in a pet shop.
（Peter 認為她想要買寵物店的老鼠。）

圖二：從圖中可知場景是在一間寵物店前面，表示 Peter 誤以為女子所說的 mouse 是指「老鼠」，因而帶她到寵物店。可聯想的詞彙有：寵物店 a pet shop, 帶～去 take ~ to, 籠子 cage, 帶路 give ~ directions, 帶～到寵物店 show ~ where the pet shop is。

1. Peter took her to a pet shop.（Peter 帶她到寵物店。）
2. Peter gave her directions to a pet shop.
   （Peter 告訴她怎麼到寵物店。）
3. Peter showed her where a pet shop is.（Peter 帶她到寵物店。）
4. He pointed to the mice in the cage.（他指著籠子裡的老鼠。）

圖三：場景一樣是在寵物店前面，只是這位外國女士表情疑惑，向 Peter 解釋她要買的是電腦滑鼠，不是真正的老鼠，這時 Peter 才搞清楚。可聯想的詞彙有：疑惑 look confused, 解釋 explain, 電腦滑鼠 a computer mouse, 真正的老鼠 a real mouse, 搞清楚 realize。

1. The foreigner looked confused.（這位外國人看起來很疑惑。）
2. She explained that she needed to buy a computer mouse, not a real mouse.
   （她解釋說，她需要買的是電腦用的滑鼠，不是真正的老鼠。）

高分策略

除了以上的表達之外，我們還能在這些關鍵句中加上一些讓文章更有連貫性、戲劇性的表達。

針對第一張圖，我們還可用以下詞彙或句型來作為開場：

One day　有一天

Peter was ~ while a foreigner ~　Peter 當時在～，一位外國人～。

→ Peter was on his way home while a foreigner came and asked him a favor.
（Peter 當時在回家的路上，一位外國人前來請求他協助。）

Peter was [身分：如學生]　Peter 是～

→ Peter was a student.　（Peter 是一名學生。）

Peter was at/on [地點]　Peter 當時在～

→ Peter was on the street.　（Peter 當時在路上。）

針對第二、三張圖，我們還可用以下詞彙或句型來作為語氣的連貫或轉折：

However 然而

→ However, Peter took her to a pet shop.（然而，Peter 卻帶她到寵物店。）

In fact 事實上

→ In fact, she needed a computer mouse, not a real mouse.
（事實上，她需要的是電腦滑鼠，不是真的老鼠。）

我們還可用以下詞彙來作結：

In the end 最後

Finally 終於

→ Finally, Peter realized what she needed.
（最後，Peter 才搞懂她需要的是什麼。）

參考範例

One day, a foreigner asked Peter a question. She needed to buy a mouse. However, Peter took her to a pet shop. He pointed to the mice in the cage. The foreigner looked confused. She explained that she needed a computer mouse, not a real mouse.

Finally, Peter realized what she needed.（52 字）

範例中譯

有一天，一個外國人問 Peter 一個問題。她需要買滑鼠（mouse）。然而，Peter 卻帶她到寵物店。他指著籠子裡的老鼠。那位外國人看起來很疑惑。她解釋說她需要的是電腦滑鼠，不是真的老鼠。最後，Peter 才搞懂她需要的是什麼。

確認動詞時態

三張圖所描述的是事件，都是已經發生過的，所以每一張圖的時態都用過去式。

1. One day, a foreigner **asked** Peter a question.（用過去式表示當時動作）
   → 因為是當時問了一個問題，所以用了過去式的 asked。One day 表示「有一天」的意思。

2. She **needed** to buy a mouse.（用過去式表示當時動作）
   → 因為是當時需要買，而非經常性的習慣，所以用了過去式的 needed。

3. Peter **took** her to a pet shop.（用過去式表示當時動作）
   → 因為是當時帶她去，所以用了過去式的 took，其原形是 take。

4. He **pointed** to the mice in the cage.（用過去式表示當時動作）
   → 因為是當時朝著籠子的方向指，所以用了過去式的 pointed，原形是 point。

5. The foreigner **looked** confused.（用過去式表示當時動作）
   → 因為是當時看起來～，所以用了過去式的 looked，原形是 look。

6 She **explained** that she **needed** to buy a computer mouse, not a real mouse.（用過去式表示當時動作）
   → 因為是當時解釋與當時需要，所以用了過去式的 explained 和 needed，原形是 explain 和 need。

文法&句型補充

1. need to V　需要做～

   She **needed to buy** a mouse. 她需要買一個滑鼠。

2. take... to...　帶…去…

   Peter **took** her **to** a pet shop. Peter 帶她去寵物店。

3. look + adj（連綴動詞＋形容詞）　看起來…

   The foreigner **looked confused.**
   那位外國人看起來疑惑。

4. explain + that S + V（名詞子句）　解釋～

   She **explained that** she needed a computer mouse, not a real mouse.
   她解釋說她需要的是電腦滑鼠，不是真的老鼠。

複試 口說測驗 解析

第一部分 複誦

共五題。題目不印在試卷上，由耳機播出，每題播出兩次，兩次之間大約有一至二秒的間隔。聽完兩次後，請馬上複誦一次。

1 What a perfect day for a picnic!

真是個適合去野餐的一天！

答題策略

1. 分段記憶：在朗誦時，由於看不到題目，只能憑聽到的記憶再唸出來，因此在聽的時候最好是一段一段的記憶，免得一字一字記憶時只會記得前面而忘記後面，一開始會聽到題號，接著才是複誦內容。本句聽取時可按以下的方式分段記憶：

   What a perfect day | for a picnic!

2. 耳聽注意事項：

   (1) 句中有不定冠詞 a，可能會因為連音的關係而聽不到 a 的存在，所以要注意。除非錄音有特別強調 a，不然一般來說，What a 會唸成像是 [hwɑ tə]，[t] 音會唸得像 [d]，for a 會唸成像是 [fɔ rə]。

   (2) 聽到 picnic 時，中間的 c 外國人通常會輕輕唸出，並不會強調 c [k] 的發音，而把 pic 唸成「批客」。

3. 複誦注意事項：

   語調：此句為驚嘆句，請注意聽題目的語調並跟著模仿。

   音節：picnic 只有兩個音節 [`pɪknɪk]，千萬不可唸出像是「批客尼客」的四個音節。

2 Well, any questions?

嗯，有什麼問題嗎？

答題策略

1. 分段記憶：本句聽取時可按以下的方式分段記憶：

   Well, | any questions?

2. 耳聽注意事項：

   在聽力測驗中常會聽到英文題號，例如 For question number one, please look at picture A，因此 question 應該不難聽出，只是要注意到 questions 字尾的 s。

3. 複誦注意事項：

   語調：試著模仿題目的語調，因為是疑問句，尾音一般是略為上揚。即 Well | any **questions**?↗。在唸完 Well 之後暫時停頓，接著唸 any questions，要強調的是 questions，所以要唸得大聲。

3 This news is too good to be true.

這個消息真是太棒了，讓人難以相信是真的。

答題策略

1. 分段記憶：本句聽取時可按以下的方式分段記憶：

   This news is too good | to be true.

2. 耳聽注意事項：

   (1) news（新聞）為單數名詞，所以你聽到的 This news is 並沒有錯。只是要注意連音的地方， news is 會唸成 [nju zɪz]，而且 is 部分會唸得小聲。

   (2) to be true 中的 to 也會唸得很小聲，要注意。

3. 複誦注意事項：

   重音：要注意聽題目的唸法，too（太…）可能會被強調，too 有具體的意義，在句意上也有其強調的功能，所以複誦時也要強調，但 to 沒有具體意義，輕輕帶過即可。

4 This night market is famous for its stinky tofu.

這個夜市以它的臭豆腐聞名。

答題策略

1. 分段記憶：本句聽取時可按以下的方式分段記憶：

   This night market | is famous | for its stinky tofu.

2. 耳聽注意事項：

   要注意會唸得很小聲的詞彙，如 is 和 for its，除非題目有特別強調，不然會因為不強調或連音而聽不到。像是 market is 有可能會唸成 [`mɑrkɪ tɪz]，[t] 音會唸得像 [d]。

3. 複誦注意事項：

   發音：stinky 的尾音是 [kɪ]，不要唸成 king [kɪŋ]。雖然 tofu 是從中文「豆腐」翻譯成英文的單字，但到了英文時，「豆」的發音卻變成了 [to]，唸起來像是中文的「偷」，所以務必注意發音，要唸成 [`tofu]。

5 Heavy rains are expected this weekend.

這個週末預計會有豪雨。

答題策略

1. 分段記憶：本句聽取時可按以下的方式分段記憶：

   Heavy rains | are expected | this weekend.

2. 耳聽注意事項：

   嚴格來說，rain（雨）是可以數的，表示有好幾場雨的意思，所以你聽到的 rains are 在文法上是正確的。同時也要注意到這裡的連音，rains are 會唸成 [ren zɑr]。

3. 複誦注意事項：

   發音：expect 的 ex，外國人可能會唸 [ɪks] 或唸 [ɛks]，[s] 音幾乎聽不到，像是只是暫時停頓而已，最重要的是唸起來要通順。

▶▶▶ 第二部分 朗讀句子與短文

共有五個句子及一篇短文，請先利用一分鐘的時間閱讀試卷上的句子與短文，然後在一分鐘內以正常的速度，清楚正確的朗讀一遍。閱讀時請不要發出聲音。

1 Something's wrong with that sign on the door.

門上的那個標誌有點問題。

高分解析

1. 朗讀句子與短文時，考生只會看到英文文字，無法像「複誦」一樣聽到音檔，所以無法照樣模仿，得自己想像句子該怎麼唸，因此句子該如何斷句、哪幾個單字必須強調、語調的高低都要在唸的時候先考慮好。以下幫各位讀者將斷句、強調單字及語調標示出來。

2. 本句的斷句（以｜表示），強調單字（以粗體字及底線表示）及語調（⬀表上升，⬂表下降）如下：

   Something's **wrong** with that **sign** | on the **door**.⬂

3. 此句中的 Something's 是 Something is 的縮寫，唸做 [`sʌmθɪŋz]，字尾的 s 是 [z] 的發音。唸 with that 時會連音，因為此兩個單字的 th 都是 [ð] 的發音，發音位置相同，所以外國人唸的時候聽起來會像是 [wɪ ðæt]。後面接 sign 時，聽起來會像是 [wɪ ðæ saɪn]，that 的 [t] 音幾乎聽不到，只是暫時停頓而已。

｜單字｜**wrong** [rɔŋ] 錯的 / **sign** [saɪn] 標誌

2 Passengers are not allowed to eat or drink on the MRT train.

乘客不准在捷運列車上吃東西或喝東西。

高分解析

1. 本句的斷句（以｜表示），強調單字（以粗體字及底線表示）及語調（⬀表上升，⬂表下降）如下：

   Passengers | are **not** **allowed** to **eat** or **drink** | on the **MRT** **train**.⬂

2. passenger 唸作 [ˋpæsəndʒɚ]，前面就像唸 pass [pæs] 一樣。唸 Passengers are 時要連音，字尾的 s 會跟 are 唸成像是 [zɑr]。

3. 唸 the MRT 時要注意，因為 MRT 是以一個字母一個字母地唸成 [ɛm ɑr ti]，the 後面接的是以 [ɛ] 開始的母音，所以 the 在這裡唸作 [ði]。

｜單字｜**passenger** [ˋpæsəndʒɚ] 乘客 / **allow** [əˋlaʊ] 允許

3 My sister is always reading and sending messages on her smartphone.

我姐姐總是在她的智慧型手機上閱讀和發送簡訊。

高分解析

1. 本句的斷句（以｜表示），強調單字（以粗體字及底線表示）及語調（⬀表上升，⬂表下降）如下：

   My **sister** is always **reading** | and **sending** **messages** | on her **smartphone**.⬂

2. 單數的 message 為兩個音節的發音，尾音 [dʒ] 輕輕帶過即可。但複數的 messages 為三個音節，尾音為 [dʒɪz]。唸 messages on 時要連音唸成 [ˋmɛsɪdʒɪ zɑn]。

3. 唸 is always 時要連音唸成 [ˋɪ zɔlwez]。

｜單字｜**sister** [ˋsɪstɚ] 姊妹 / **always** [ˋɔlwez] 總是 / **read** [rid] 閱讀 / **send** [sɛnd] 寄送 / **message** [ˋmɛsɪdʒ] 簡訊，訊息

4 How can you believe such a silly story?

你怎麼會相信如此愚蠢的故事？

高分解析

1. 本句的斷句（以｜表示），強調單字（以粗體字及底線表示）及語調（⬀表上升，⬂表下降）如下：
   How can you **believe** such a **silly** **story**?⬂

2. such a 可以連音，聽起來像是 [sʌtʃə]。

5 We'd better hurry or we will be late for school.

我們最好快點，不然上學要遲到了。

高分解析

1. 本句的斷句（以｜表示），強調單字（以粗體字及底線表示）及語調（⬀表上升，⬂表下降）如下：
   We'd better **hurry** | or we will be **late** for school.⬂

2. had better 可省略為'd better，外國人唸 We'd better 時，[d] 的發音幾乎會聽不到，只是暫時停頓而已，聽起來會像是 [wi `bɛtɚ]，而 better 的 [tɚ] 音聽起來會像是 [dɚ]。

6

Do girls have to wear skirts to school? This question led to a lot of discussion on the Internet. Many people thought that girls have the right to wear either pants or skirts. Schools should not make wearing skirts a rule. However, others think it is reasonable.

女生必須穿裙子去上學嗎？這個問題在網路上引起許多討論。許多人認為女生有權利穿褲子或裙子。學校不應該把穿裙子列為一項規定。然而，其他人認為是合理的。

高分解析

1. 本句的斷句（以｜表示），強調單字（以粗體字及底線表示）及語調（⬀表上升，⬂表下降）如下：
   Do **girls**⬀ have to wear **skirts** to **school**?⬀ | This question | led to a lot of **discussion** | on the Internet.⬂ | Many **people thought** | that girls have the **right** | to wear either **pants**⬀ or **skirts**.⬂ | Schools **should not** | make wearing skirts a **rule**.⬂ | **However**, | others think it is **reasonable**.⬂

2. 外國人唸 have to 時，聽起來會像 [hæv tə]，不會去強調 to。lead 的過去式是 led，唸作 [lɛd]，母音部分類似 red [rɛd] 的 [ɛd]。唸 a lot of 時會連音唸成 [ə lɑ təv]，[t] 音會唸得有點像是 [d]。

3. 針對複數的字尾 s，girls 和 others 的 s 為 [z] 的發音，因為前面的 r 和 l 為有聲子音，而 skirts、pants 的 s 為 [s] 的發音，因為前面的 t 為無聲子音，ts 會聽起來像是無聲的「ㄘ」。

4. either 可唸為 [`iðɚ] 或 [`aɪðɚ]。

｜單字｜ **question** [`kwɛstʃən] 問題 / **lead to** 導致 / **discussion** [dɪ`skʌʃən] 討論 / **Internet** [`ɪntɚ͵nɛt] 網路 / **right** [raɪt] 權利 / **either... or** 或者；不是…就是… / **reasonable** [`riznəbəl] 合理的 / **pants** [pænts] 褲子 / **skirt** [skɝt] 裙子 / **should** [ʃʊd] 應該 / **wear** [wɛr] 穿 / **however** [haʊ`ɛvɚ] 然而

第三部分 回答問題

共七題。題目不印在試卷上，由耳機播出，每題播出兩次，兩次之間大約有一至二秒的間隔。聽完兩次後，請馬上回答，每題回答時間為 15 秒，回答時不一定要用完整的句子，但請在作答時間內儘量的表達。

1 Have you ever been to a concert? If not, would you like to go someday?

你曾經去過演唱會嗎？如果沒有的話，你以後某天會想去嗎？

答題策略

1. 從 Have you ~ been a concert? 可知，是問關於去演唱會的經驗。如果去過，就說演唱會現場有多好玩、多刺激，而且很想再去。
2. 如果沒去過，可以說明原因，例如沒時間、門票太貴、要煩惱住的地方、交通不便等等。

回答範例 1

Yes, I went to a Mayday concert last year. It was really fun and exciting. The music was great, and it felt totally different from watching a concert on TV.

有，我去年去過五月天的演唱會。很好玩、很刺激。音樂很棒，而且跟在電視機前所看到的感受完全不同。

回答範例 2

No, never. I don't have time. The tickets are too expensive, and another thing is, I live in a small town, so it is not very convenient.

沒有，不曾。我沒有時間。門票太貴，還有另外一點是，我住在小鎮裡，所以不是很方便。

2 Do you believe in ghosts? Are you afraid of ghosts?

你相信有鬼嗎？你害怕鬼嗎？

答題策略

1. 從 Do you believe ~ ghosts ~ afraid of ghosts?可知，是問是否相信有鬼這件事，以及是否怕鬼。面對這種奇怪的問題，也只能照實回答，不過不要把想說的內容弄得太複雜。只需要說雖然沒看過，但還是相信這個世界有鬼。
2. 你也可以說你並不相信有鬼，純粹是人們的想像而已。

回答範例1

I believe there are ghosts in the world, although I have never seen one before. There are many things that science can't explain.

我相信這個世界有鬼，雖然我從來沒有看過。有很多科學無法解釋的事情。

回答範例2

Many of my friends do, but I don't. I think ghosts are just part of our imagination. I am not afraid of ghosts because I did nothing wrong.

我很多朋友都相信，但我不相信。我認為鬼只是我們想像力的一部分。我不怕鬼，因為我沒做什麼不對的事。

重點補充

如果說完「不相信」之後就不知道要說什麼，可以用別人的例子來增加內容。

No, I don't think there are ghosts. But some of my friends told me some ghost stories. These stories sounds real but interesting.

我不認為有鬼，但我的一些朋友告訴過我一些鬼故事。這些故事聽起來很真實，但也很有趣。

3 What do you hope to get on Christmas Day?

你聖誕節時希望得到什麼？

答題策略

1. 聽到 What ~ get on Christmas Day 可知，是問聖誕節時希望收到的禮物為何。你可以回答說希望收到一支最新的智慧型手機，順便說明為什麼要選擇這個禮物。
2. 如果有很多東西都想要，也可以都說出來，然後說你拿不定主意。

回答範例 1

I hope to get a new smartphone. The phone I am using now is very old, and I can't surf the Internet. I hope I can get an i-Phone.

我希望得到一支新的智慧型手機。我目前在用的手機很舊了，而且不能上網。我希望可以得到一支 i-Phone。

回答範例 2

Let me see. There are many things I want. Sport shoes, a smartphone, a computer, a PS4. I can't make up my mind but I hope to have them all.

我想想。有很多東西都是我想要的。運動鞋、智慧型手機、電腦、PS4 遊戲機。我沒辦法拿定主意，但我希望全都能擁有。

重點補充

如果不曾想過這個問題，因為根本沒在過聖誕節，也可以說平安健康就是最好的禮物。

I have never thought about this. I don't celebrate for Christmas Day. Maybe health and happiness are the best presents to me.

我從來沒有想過這個問題。我沒在慶祝聖誕節的。或許健康和快樂是我最好的禮物。

4 Is there anything you would like to learn?

是否有什麼事物是你想要學的？

答題策略

1. 聽到 anything ~ learn 可知，主要是問想學的事物為何。想學的東西可能包含外語、運動、或者是任何生活上有用的東西，舉出一項你想要學的。
2. 記得補充說明所學的事物對你有什麼幫助，你打算如何學習。

回答範例1

I would like to learn Japanese because I love Japanese comics. Japanese is also a useful language. Taiwan is very near Japan, so many people visit there.

我想要學日文，因為我喜歡日本漫畫。日文也是一個有用的語言，而且台灣很靠近日本，很多人去那邊觀光。

回答範例2

I want to learn how to swim. It looks fun, and more importantly, I can save myself or others if I can swim well.

我想要學游泳。看起來很有趣，更重要的一點是，如果我很會游泳，我還可以救自己或救其他人。

重點補充

如果還沒真正想過這個問題，那就講一些生活上簡單的能力，像是跑步很快之類的能力。

I want to learn how to run faster. If I can run faster, my brother will not be able to beat me. I won't be afraid of dogs.

我想要學會如何跑得再快一點。如果我能跑得再快一點，我的哥哥就打不到我了，我也不用再害怕狗了。

5 Do you eat vegetables every day?
你每天都有吃青菜嗎？

答題策略

1. 聽到 Do you eat vegetables every day 可知，主要是問是否每天吃青菜。除了回答是與否或不一定之外，也要說明一下吃青菜的好處。
2. 突然間不知道要說什麼的情況下，記得把媽媽搬出來，用「我媽說吃青菜很好」等來加強內容。

回答範例 1

Yes, there are always vegetables for lunch in school. We also have vegetables for dinner. My mom says eating vegetables is good for health.

有，在學校午餐都會有青菜。我們晚餐也吃青菜。我媽媽說吃蔬菜有益健康。

回答範例 2

Yes, but I hate it. I don't enjoy eating vegetables. Some vegetables taste funny. I like to eat fried chicken. I know it is not healthy, so I will try my best to eat more vegetables.

有，但我很討厭。我不喜歡吃蔬菜。有些蔬菜吃起來怪怪的。我喜歡吃炸雞。我知道不健康，所以我會盡量吃多青菜。

重點補充

如果自己本身就吃素，也可以如實說明。不過如果不知道「吃素」的英文怎麼講，那就說自己不吃肉，因為吃肉的話會不舒服。

I eat vegetables every day. I don't eat meat and eggs because that makes me sick. Only vegetables make me healthy. Now, more and more people eat vegetables only.

我每天吃蔬菜。我不吃肉和蛋，因為會讓我感到噁心。只有蔬菜讓我身體健康。現在，有越來越多的人只吃蔬菜。

6 You want to buy a computer. Ask your uncle for advice.

你想要買一台電腦。試著向你的叔叔／伯伯詢問建議。

答題策略

1. 聽到 You ~ buy ~ computer. Ask ~ uncle for advice.可知，題目是要你用英文詢問對方關於買電腦的建議。避開一些技術面或不知道要如何用英文表達的部分，著重在類似價格、品牌、大小等比較容易講的內容上。
2. 也可先拍馬屁奉承一下虛構中的叔叔，然後問他一些與購買相關的常見問題。

回答範例1

Uncle Tom, Mom agreed to let me buy a computer. Which one should I buy? Which brand is better? Should I get a bigger one or a smaller one?

湯姆叔叔，媽媽答應讓我買電腦了。我應該買哪一款呢？哪一個品牌比較好？我應該買大一點的，還是小一點的呢？

回答範例2

Uncle Tom, you know a lot about computers. Can you give me some advice? When is the best time to buy it? What kind of computer should I buy?

湯姆叔叔，你對電腦懂很多。你可以給我一些建議嗎？什麼時候買最好？我應該買什麼樣的電腦？

7 A stranger stopped you and asked to borrow your cell phone. What will you say to him?

一個陌生人攔住了你，想要跟你借手機。你會對他說什麼？

答題策略

1. 我們一般人應該是不會把東西借給陌生人，不然就是要問對方借用的目的、要打給誰、要撥幾號再幫他撥，等電話接通了，再把電話交給那個人，或者是你拿著電話，然後按擴音讓對方能溝通。
（這是奇怪的問題，不過真的曾經發生在老師身上，而且是一位老太太。到最後我有沒有借呢？說來話長、一言難盡）

2. 也可以直接說「不行，我又不認識你。那邊有公用電話，我給你十元去打」。

回答範例1

This is a hard question to answer. I will ask him why he needs to borrow my cell phone. If he needs to call the police or the ambulance, I will help him.

這是個很難回答的問題。我會問他為什麼需要借我的手機用。如果他需要報警或叫救護車，我會幫他。

回答範例2

I don't think I will lend my cell phone to a stranger. What if he runs away with it? I will tell him to use the public phone.

我不認為我會把手機借給陌生人。萬一他帶著手機跑了怎麼辦？我會叫他去用公共電話。

全民英語能力分級檢定測驗

初級寫作能力測驗

第六回　寫作能力測驗答題注意事項

1. 本測驗共有兩部分。第一部分為單句寫作，第二部分為段落寫作。測驗時間為 40 分鐘。

2. 請利用試題紙空白處擬稿，但正答務必書寫在「寫作能力測驗答案紙」上。在答案紙以外的地方作答，不予計分。

3. 第一部分單句寫作請自答案紙第一頁開始作答，第二部分段落寫作請在答案紙第二頁作答。

4. 作答請勿隔行書寫，請注意字跡應清晰可讀，並保持答案紙之清潔，以免影響評分。

5. 未獲監試人員指示前，請勿翻閱試題紙。

6. 測驗時，不得在准考證或其他物品上抄題，亦不得有傳遞、夾帶小抄、左顧右盼或交談等違規行為。

7. 意圖或已經將試題紙攜出試場者，五年內不得報名參加本測驗。請人代考者，連同代考者，三年內不得報名參加本測驗。

8. 測驗結束時，須立即停止作答，在原位靜候監試人員收回全部試題紙及答案紙，清點無誤後，宣佈結束始可離場。

9. 應試者入場、出場及測驗中如有違反上列規則或不服監試人員之指示者，監試人員得取消其應試資格並請其離場，且作答不予計分。

第一部分：單句寫作（50%）

請將答案寫在答案紙上對應的題號旁，如有文法、用字、拼字、標點符號、大小寫等之錯誤，將予扣分。

第 1～5 題：句子改寫

請依題目之提示，將原句依指定形式改寫，並將改寫的句子完整地寫在答案紙上。***注意：每題均需寫出完整的句子，否則將予扣分。***

> 例：第一句：The book is pink.
> 第二句：It ________________.
> 在答案紙上寫：***It is pink.***

1. John is the tallest boy in his class.
   John is __________________ than all the other __________________.

2. It is great to travel around the world.
   To ____ great.

3. How can I get to Hualien?
   Can you tell me ____ Hualien?

4. The government will build a new airport here.
   A new airport ______________________________________ government.

5. She moved to Taipei ten years ago.
   It ______________________ since ________________________ Taipei.

第 6～10 題：句子合併

請依題目之提示，將兩句合併成一句，並將合併的句子完整地寫在答案紙上。***注意：每題均需寫出完整的句子，否則將予扣分。***

例：Mary has a cell phone.
The cell phone is red.
題目：Mary ________________________________ phone.
在答案紙上寫：***Mary has a red cell phone.***

6. Please tell me something.
Why were you late again?
Please tell me ____.

7. This painting was drawn by an artist.
It is very expensive.
This painting ____________________________________ very expensive.

8. I came home today.
My brother was using my computer.
My brother ______________________ when ______________________.

9. Mary can sing and dance.
It is easy for her.
It _________________________ for Mary ________________________.

10. The little girl is too short.
She can't reach the doorbell.
The little girl is not __________________ enough __________________.

第 11～15 題：重組

請將題目中所有提示的字詞整合成一有意義的句子，並將重組的句子完整地寫在答案紙上。***注意：每題均需寫出完整的句子。答案中必須使用所有提示的字詞，且不能隨意增減字詞及標點符號，否則不予計分。***

例：題目：They ________________ .

Jack / me / call

在答案紙上寫：***They call me Jack*.**

11. Dora is ______________________________ class.
any other / younger / girl / than / her / in

12. You can ______________________________ homework.
you / your / finish / watch TV / as long as

13. The doctor ______________________________ .
give / that / suggested / up / he / drinking

14. It was believed ______________________________ ten suns.
to be / used / that / there

15. The children were ______________________________ .
talk / with / too / one another / to / shy

第二部分：段落寫作（50%）

題目：今天早上 Eric 跟平時一樣搭公車去上學。公車上坐滿了人。一位手裡提著大包小包的老太太上了車。Eric 把自己的座位讓給老太太。雖然他必須站著，但是他很開心他幫助了別人。請根據這些圖片寫一篇約 50 字的短文。***注意：未依提示作答者，將予扣分。***

全民英語能力分級檢定測驗

初級寫作能力測驗答案紙

第一部分（請依題目序號作答，並寫出完整的句子）

1. ________________________________ 1

2. ________________________________ 2

3. ________________________________ 3

4. ________________________________ 4

5. ________________________________ 5

6. ________________________________ 6

7. ________________________________ 7

8. ________________________________ 8

9. ________________________________ 9

10. ________________________________ 10

第 1 頁

請翻至第 2 頁繼續作答

11. 11

12. 12

13. 13

14. 14

15. 15

第二部分（請由此開始作答，勿隔行書寫。）

5

10

寫作能力測驗級分說明

第一部分：單句寫作級分說明

級分	說　明
2	正確無誤。
1	有誤，但重點結構正確。
0	錯誤過多、未答、等同未答。

第二部分：段落寫作級分說明

級分	說　明
5	正確表達題目之要求；文法、用字等幾乎無誤。
4	大致正確表達題目之要求；文法、用字等有誤，但不影響讀者之理解。
3	大致回答題目之要求，但未能完全達意；文法、用字等有誤，稍影響讀者之理解。
2	部分回答題目之要求，表達上有令人不解/誤解之處；文法、用字等皆有誤，讀者須耐心解讀。
1	僅回答 1 個問題或重點；文法、用字等錯誤過多，嚴重影響讀者之理解。
0	未答、等同未答。

各部分題型之題數、級分及總分計算公式

分項測驗	測驗題型	各部分題數	每題級分	佔總分比重
第一部分：單句寫作	A.句子改寫	5 題	2 分	50%
	B.句子合併	5 題	2 分	
	C.重組	5 題	2 分	
第二部分：段落寫作	看圖表寫作	1 篇	5 分	50%
總分計算公式	公式：{(第一部分得分/30)＋(第二部分得分/5)}×50 例：　第一部分得分　A－8 分　B－10 分　C－8 分 8+10+8=26 三項加總第一部分得分　－　26 分 第二部分得分　－　4 分 依公式計算如下： {(26/30)+(4/5)}×50=83 該考生得分 83 分			

第六回　口說能力測驗答題注意事項

1. 本測驗問題由耳機播放，回答則經麥克風錄下。分複誦、朗讀句子與短文、回答問題三部分，時間共約十分鐘，連同口試說明時間共需約五十分鐘。

2. 第一部分複誦的題目播出兩次，聽完兩次後，立即複誦一次。第二部分朗讀句子與短文有一分鐘準備時間，請勿唸出聲音，待聽到「請開始朗讀」，再將句子與短文唸出來。第三部分回答問題的題目播出兩次，聽完第二次題目後請在作答時間內盡量的表達。

3. 錄音設備皆已事先完成設定，請勿觸動任何機件，以免影響錄音。測驗時請戴妥耳機，將麥克風調到嘴邊約三公分處，聽清楚說明，依指示以適中音量回答。

4. 請注意測驗時不可在答案紙上畫線、打"✓"或作任何記號；不可在准考證或其他物品上抄題；亦不可有傳遞、夾帶小抄、左顧右盼或交談等違規行為。

5. 意圖或已將試題紙或試題影音資料攜出或傳送出試場者，視同侵犯本中心著作財產權，限五年內不得報名參加「全民英檢」測驗。請人代考，連同代考者，三年內不得報名參加本測驗。

6. 測驗結束時，須立即停止作答，在原位靜候監試人員收回全部試題紙並清點無誤後，等候監試人員宣布結束後始可離場。

7. 入場、出場及測驗中如有違反上列規則或不服監試人員之指示者，監試人員將取消您的應試資格並請您離場，且測驗成績不予計分，亦不退費。

全民英語能力分級檢定測驗

初級口說能力測驗

TEST06.mp3

請在 15 秒內完成並唸出下列自我介紹的句子：

My seat number is (複試座位號碼), and my test number is (初試准考證號碼).

第一部分：複誦

共五題。題目不印在試卷上，由耳機播出，每題播出兩次，兩次之間大約有一至二秒的間隔。聽完兩次後，請馬上複誦一次。

第二部分：朗讀句子與短文

共有五個句子及一篇短文，請先利用一分鐘的時間閱讀試卷上的句子與短文，然後在一分鐘內以正常的速度，清楚正確的朗讀一遍。閱讀時請不要發出聲音。

One: Respect others and you can get along well with anyone.

Two: Traveling is a great way to relax and gain knowledge.

Three: Could you please give me another chance?

Four: Nowadays, teenagers do not like to be told what to do.

Five: Many people were hurt in that terrible accident.

Six: Once upon a time, there was a pretty girl named Cinderella. She was sad because she was not allowed to attend the prince's party. A fairy appeared and made Cinderella's wish come true. She went to the party and danced with the handsome prince. They lived happily ever after.

第三部分：回答問題

共七題。題目不印在試卷上，由耳機播出，每題播出兩次，兩次之間大約有一至二秒的間隔。聽完兩次後，請馬上回答，每題回答時間為 15 秒，回答時不一定要用完整的句子，但請在作答時間內儘量的表達。

請將下列自我介紹的句子再唸一遍：

My seat number is (複試座位號碼), and my test number is (初試准考證號碼).

口說能力測驗級分說明

評分項目（一）：發音、語調和流利度（就第一、二、三部分之整體表現評分）

級分	說　明
5	發音、語調正確、自然，表達流利，無礙溝通。
4	發音、語調大致正確、自然，雖然有錯但不妨礙聽者的了解。表達尚稱流利，無礙溝通。
3	發音、語調時有錯誤，但仍可理解。說話速度較慢，時有停頓，但仍可溝通。
2	發音、語調常有錯誤，影響聽者的理解。說話速度慢，時常停頓，影響表達。
1	發音、語調錯誤甚多，不當停頓甚多，聽者難以理解。
0	未答或等同未答。

評分項目（二）：文法、字彙之正確性和適切性（就第三部分之表現評分）

級分	說　明
5	表達內容符合題目要求，能大致掌握基本語法及字彙。
4	表達內容大致符合題目要求，基本語法及字彙大致正確，但尚未能自在運用。
3	表達內容多不可解，語法常有錯誤，且字彙有限，因而阻礙表達。
2	表達內容難解，語法錯誤多，語句多呈片段，不當停頓甚多，字彙不足，表達費力。
1	幾乎無句型語法可言，字彙嚴重不足，難以表達。
0	未答或等同未答。

發音、語調和流利度部分根據第一、二、三部分之整體表現評分，文法、字彙則僅根據第三部分之表現評分，兩項仍分別給 0~5 級分，各佔 50%。

計分說明

某考生各項得分如下面表格所示：

評分項目	評分部分	得分
發音、語調、流利度	第一、二、三部分	4
文法、字彙之正確性和適切性	第三部分	3

百分制總分之計算：(4+3)×10 分＝70 分

複試 寫作測驗 解析

▶▶▶ 第一部分 單句寫作（50%）

請將答案寫在答案紙上對應的題號旁，如有文法、用字、拼字、標點符號、大小寫等之錯誤，將予扣分。

第 1～5 題：句子改寫

1. John is the tallest boy in his class.

John 是班上最高的男孩。

John is ______________ than all the other ______________.

正解 John is **taller** than all the other **boys in his class**.

John 比班上所有其他男孩還要高。

解析

1. 從第二句的 than all the other 和第一句的 the tallest boy 可知，這題考的是把最高級的 tallest 改為比較級「taller than all the other ...」。
2. 看到 than，要知道 than 前面要接比較級的 taller，所以句子前半段就是 John is taller than。
3. 因為是跟班上所有其他的男孩做比較，所以要用 all the other boys，務必注意到原本的 boy 要改成複數的 boys（男孩們）。

補充說明

另一個常見的用法為「... than any other...」。請見以下例句：

John is taller than **any other boy** in his class.

這裡，值得注意的是，any 後面不需要定冠詞 the 或 a／an。此外，any 後面的名詞要用單數。而用 all 指所有的男孩，所以要用複數。

John is taller than **all the other boys** in his class.

2. It is great to travel around the world.

到世界各地旅遊是很棒的。

To ______________________________ great.

正解 To **travel around the world is** great.

到世界各地旅遊是很棒的。

解析

1. 從第二句的 To... great 以及第一句的 It is great to travel... 可知，這題考的是以不定詞 To V 當主詞的用法。
2. 就和第一句的 to travel 一樣，看到 To，後面就要接動詞 travel，後面的 around the world 照抄，所以用 To travel around the world 當主詞。
3. 第一句是以 it 當虛主詞，主要的內容其實是 to travel around the world，而 is 是句子主要動詞。第二句也一樣要用 is 當主要動詞。
4. is 後面接補語，即 great。

補充說明

若題目改用 V-ing（動名詞）當主詞，答題時就要把 travel 改為 traveling。請見以下例題：

It is great to travel around the world.

Traveling ______________________________ great.

正確答案是：**Traveling** around the world is great.

3. How can I get to Hualien?

我要如何去花蓮？

Can you tell me ______________________________ Hualien?

正解 Can you tell me **how I can get to** Hualien?

你可以告訴我要如何去花蓮嗎？

解析

1. 第一、二句都是疑問句，差別在於第二句用 Can you tell me 開頭，而第一句用 How can I，句尾都是 Hualien，可知兩句的大意都是要表達「要

第1回 第2回 第3回 第4回 第5回 第6回

如何到達花蓮」。這題考的是間接問句（在一個問句中插入另一個問句，即名詞子句的 how S + V...）。

2. 要問「要如何到達花蓮」，有兩種表達方式：1) 直接說「我要怎麼去花蓮？」；2) 間接用「你可以告訴我要怎麼去花蓮嗎？」。Can you tell me 是「你可以告訴我～嗎？」的意思，「tell me」後面需接詢問的內容，也就是「如何…」，所以要先寫 how。
3. How can I get to Hualien? 是疑問句，但要接在 Can you tell me 後面時，how 後面的語順就要改成 S + V，也就是 how I can get to Hualien。

補充說明

請試著做以下題目：

Where does he live?

Do you know ________________?

正確答案：Do you know **where he lives**?

在間接問句的地方不能再以疑問句的形式呈現，因此不能再寫 does，而且要把 live 要改為 lives，因為主詞 he 是第三人稱單數（因為 he is 所以 he lives）。

4. The government will build a new airport here.

政府將在這裡蓋新的機場。

A new airport ________________________________ government.

正解 A new airport **will be built here by the** government.

一座新的機場將經由政府蓋在這裡。

解析

1. 從第二句是以 A new airport 當主詞，而第一句是以 The government 當主詞、以 a new airport 當受詞可知，這題考的是被動式（will be p.p.的未來被動式）。
2. 一般來說，通常以人或單位作為主詞，所執行的動作為動詞，接受動作的受詞為物品。當看到「機場」從受詞變主詞時，就要知道動詞要換成被動式，在這裡也就是 will be p.p.，原本的 will build 要改成 will be built。

3. 被動式後面接 by...（經由某某人…，被某某人…），所以 by 後面是原本的主詞（政府），即 by the government。

5. She moved to Taipei ten years ago.
她在十年前搬到台北。

It ________ since ________ Taipei.

正解 It **has been ten years** since **she moved to** Taipei.
自從她搬到台北已經十年了。

解析

1. 從第二句是以 it 當主詞、用到連接詞 since，以及第一句用人物 she 當主詞、用到「時間 + ago」可知，這題考的是「It + has + p.p.（現在完成式）+ since...」。
2. It 為虛主詞，後面接現在完成式，變成 It has been，以表示「已經是～/有～」。
3. has been 後面接時間，即第一句的 ten years，來表示「已經有十年了」，便完成 It has been ten years，就不需要 ago 了。
4. since 是「自從」的意思，後面接當時所做的事情，也就是「搬到台北」，所以寫下 since she moved to Taipei。

第 6～10 題：句子合併

6. Please tell me something. **請告訴我一件事。**
Why were you late again? **你為什麼又遲到了？**

Please tell me ________________.

正解 Please tell me **why you were late again**.
請告訴我為什麼你又遲到了。

解析

1. 從第三句的 Please tell me 可知，後面要接要告知的內容，而從第一和第二句也可知，要告知的內容是 Why were you late again?。這題考的是間接問句的 why + S + V。

2. Please tell me（請告訴我）後面直接接 why（為什麼），即 Please tell me why...。
3. 表示間接問句時，要把原本疑問句中的主詞與助動詞／be 動詞位置交換，即把 were you late again 改為 you were late again。也就完成 Please tell me why you were late again.。

7. This painting was drawn by an artist.
這幅畫是一位藝術家所畫的。

It is very expensive. **它很貴。**

This painting ________________________ very expensive.

正解 This painting **(which was) drawn by an artist is** very expensive.

這幅由某一位藝術家所畫的畫非常昂貴。

解析

1. 這題考的是形容詞子句。
2. 從第三句的主詞 This painting 與句尾的形容詞 very expensive 可知，動詞部分是 be 動詞，即第二句的 It is very expensive.中的 is。所以腦海中先有 This painting ~ is very expensive. 的架構。
3. 從第一句的 This painting was drawn by an artist.可知，還要說明一下「This painting 是由一位藝術家畫的」這件事，這時就要用形容詞子句，即 which + V 或 which + S + V。
4. 如果直接寫 This painting **was** drawn by an artist **is** very expensive.，句中會出現兩個主要動詞，因此要使用 which 來連接，變成 This painting **which was** drawn by an artist **is** very expensive.，which 是用來代替前面的名詞，即 This painting（這幅畫）。which was drawn by an artist 作為形容詞子句功能。
5. **which** 和 be 動詞也可以省略，變成 This painting **drawn by an artist** is very expensive.。

補充說明

原本的這句 This painting (which was) drawn by an artist is very expensive.，主要是要強調「這幅畫非常昂貴」，(which was) drawn by an artist 作為形容詞

功能。請見以下例句，並看出差別：

This painting **(which was) drawn by an artist** is very expensive.

這幅由某一位藝術家所畫的畫，非常昂貴。← 強調這幅畫非常昂貴

This painting **(which is) very expensive** was drawn by an artist.

這幅非常昂貴的畫，當時是由某一位藝術家所畫的。← 強調這幅畫由某位藝術家所畫

8. I came home today. **我今天回到家。**

My brother was using my computer. **我弟弟當時正在用我的電腦。**

My brother ________________ when ______________.

正解 My brother **was using my computer** when **I came home today**.

我今天回到家時，我弟弟正在用我的電腦。

解析

1. 這題考的是「過去進行式 + when + 過去式」。
2. 第一句提到「我今天回到家」，第二句提到「我弟弟當時正在用我的電腦」，以及第三句 when 可以知道，主要是要表達動作同時進行。
3. 第三句的主詞為 My brother，when 是要連接此兩主詞所做的動作，My brother 後面直接接 was using my computer，表示弟弟當時持續的動作。when 後面接 I came home today，以表示「當我今天回到家時」。
4. 兩句合併為一句，此結構為 My brother was V-ing when I V-ed...。

9. Mary can sing and dance.　Mary **會唱歌和跳舞。**

It is easy for her. **對她來說很容易。**

It ________________ for Mary ________________.

正解 It **is easy** for Mary **to sing and dance**.

對 Mary 來說，唱歌和跳舞很容易。

解析

1. 從第三句的主詞 it 和「for + 人物（Mary）」可知，這題是考「It's + 形容詞 + for + 人 to V」的句型。

2. 第二句提到「對她來說很容易」，第一句提到「Mary 會唱歌和跳舞」，由此可知主要是要表達「唱歌和跳舞對 Mary 來說很容易」。
3. 就和第二句一樣，先完成 It is easy for Mary。
4. 「It's + 形容詞 + for + 人」後面接不定詞 to V...，也就是把第一句的 can sing and dance 改成 to sing and dance。

補充說明

「It's + 形容詞 + for 人」句型也可以連接否定句。請見以下例題：

The little girl can't understand this math question.

這位小女孩無法理解這道數學題。

It is hard for her. 對她來說很難。

可合併成：It is hard for the little girl to understand this math question.
（對這位小女孩來說，要理解這道數學題很困難。）

10. The little girl is too short. **這位小女孩太矮了。**

She can't reach the doorbell. **她按不到門鈴。**

The little girl is not __________ enough __________.

正解 The little girl is not **tall** enough **to reach the doorbell**.

這位小女孩身高不夠高到能按到門鈴。

解析

1. 從第三句的 not... enough 可推測，這題考的是「not + 形容詞 + enough to V」的句型。
2. 和第一句一樣，第三句主詞和動詞提到 The little girl is not，可知後面要接形容詞 short，差別在於第一句為肯定句（is too short），第三句為否定句（is not...）。
3. 就第一句和第二句的關係來看：「小女生太矮了，無法按到門鈴」，「太矮 (too short)」也就是「不高 (not tall)」的意思，所以合併之後是「小女孩不夠高，高到能按到門鈴」的語意。由此可知此句前半段為 The little girl is not tall enough。
4. enough 後面加不定詞 to V，表示「足以做～」的意思，所以直接加 to reach the doorbell，不需要再寫 can't。

補充說明

「enough to V」的句型也可以用「too... to」或「so... that」的句型來改寫。請見以下例句：

The little girl is **too** short **to** reach the doorbell.

這位小女孩身高太矮，無法按到門鈴。

The little girl is **so** short **that** she can't reach the doorbell.

這位小女孩很矮，以致於無法按到門鈴。

第 11～15 題：重組

11. Dora is ______________________________ class.

any other / younger / girl / than / her / in

Dora is **younger than any other girl in her** class.

Dora 比班上任何一個女生都還年輕。

解析

1. 這題考的是「形容詞比較級 + than any other + 名詞單數」。
2. Dora 為主詞，後面接動詞 is，所以後面可以接形容詞、名詞或動詞 ing。選項中有形容詞比較級 younger 和名詞 girl，但 girl 前面要有冠詞 the 或 a，不能直接用 Dora is girl，所以要用 Dora is younger。
3. 形容詞比較級後面通常要接 than，便完成了 Dora is younger than。
4. than 後面接名詞，選項中有 any other 和 girl，而句尾是 class，由此可知，後半段是 any other girl in her class（在她班上的其他女生）。

補充說明

用「than all the other + 名詞複數」的句型也能表達出與此題相同的意思。

Dora is younger than **all the other girls** in her class.

Dora 比班上其他所有女生都還要年輕。

12. You can ______________________________ homework.

you / your / finish / watch TV / as long as

正解 You can **watch TV as long as you finish your** homework.

只要你把你的功課寫完就可以看電視。

解析

1. 這題考的是連接詞 as long as 的用法。
2. 一開始有主詞與助動詞，因此後面要接動詞，選項中 finish 和 watch TV 都是動詞，這時就要來了解整句語意。因為 finish 需要有受詞，最有可能的受詞是 homework，因此先寫下 You can watch TV... finish homework（你可以看電視… 完成功課）。
3. 選項中看到 as long as（只要），可知後面要接條件子句，就語意上來看就是「你可以看電視，只要…完成功課」，句意合理，所以後半段是 as long as you finish your homework。

13. The doctor ______________________________.

give / that / suggested / up / he / drinking

正解 The doctor **suggested that he give up drinking**.

醫生建議他不要喝酒。

解析

1. 這題考的是「某人 suggest that 另一人 + 原 V」的句型。
2. 可以知道主詞為 The doctor，所以後面要接動詞。因為 The doctor 是第三人稱單數名詞，要注意適合的動詞，所以 give 就不適合，因為現在式的字尾要有 s，因此適合的動詞是 suggested。
3. 要注意到 suggested 後面要接子句，即「that + S + 原 V」，要注意到此子句的動詞是原形動詞，選項中適合的動詞是 give，因此就完成了 The doctor suggested that he give 。
4. 在這裡，give up 是動詞片語，為「放棄」的意思，後面接名詞或動名詞，即選項中的 drinking。

補充說明

「某人 suggest that 另一人 + 原 V」的句型中，原 V 的前面原本是有助動詞 should，should 後面要接原形動詞。因為 should 通常被省略，所以很多人納悶為什麼 he 後面是原形動詞。原本的句子如下：

The doctor suggested that he **should** give up drinking.

14. It was believed ________________ ten suns.

to be / used / that / there

正解 It was believed **that there used to be** ten suns.

據說曾經有十個太陽。

解析

1. 這題考的是「It was believed that + S + V」的句型。
2. 從一開始可知，用虛主詞當主詞、以被動式的 It was believed，主要是表達「據說；人們相信」。
3. 後面要接「據說」的內容，所以要用到 that，而 that 後面要接一名詞子句，所以要找到此子句的主詞。選項中可當主詞的是 there。
4. 用 there used to be 來表示「曾經有」，便完成了 It was believed that there used to be ten suns.。
5. 要知道 used to 此動詞片語是「過去曾經～」的意思，和 there 搭配使用就是「過去曾經有～」之意。

補充說明

在「It was believed that + S + V」的句型中，believed 可用 said（說）或 rumored（謠傳）代替，請見以下例子：

It was believed that...（被相信是～；據說～）

It was said that...（據說～）

It was rumored that...（謠傳～）

15. The children were ________________.

talk / with / too / one another / to / shy

正解 The children were **too shy to talk with one another**.

孩子們都太害羞了，彼此之間都不說話。

解析

1. 這題考的是 too... to...（太…無法…）的句型。
2. 一開始可知主詞、動詞是 The children were。選項中，能接在 be 動詞 were 後面的是形容詞 shy 和副詞 too，這時要知道 too 可修飾 shy。選項中又有看到 to，這時可知答案是要寫 The children were too shy to...。
3. 「too... to」句型的 to 後面接原形動詞，也就是 talk。
4. talk 後面接介系詞，不直接接受詞，從選項來看，適合的組合是 talk with one another，表示「彼此對話」。

補充說明

表示「彼此」，英文有兩種表達。當對話者只有兩個人時要用 each other，有三個人或以上時用 one another。請見以下例句：

My parents love **each other**. 我的父母彼此深愛著。

The students in the class know **one another**. 班上的學生們彼此之間都認識。

第二部分 段落寫作 （50%）

題目：今天早上 Eric 跟平時一樣搭公車去上學。公車上坐滿了人。一位手裡提著大包小包的老太太上了車。Eric 把自己的座位讓給老太太。雖然他必須站著，但是他很開心他幫助了別人。請根據這些圖片寫一篇約 50 字的短文。注意：未依提示作答者，將予扣分。

看圖描述

從題目文字可知，主角是 Eric，正搭公車去上學，看到剛上公車的老太太，便把自己的座位讓給這位老太太。只要根據每張圖寫一、兩個關鍵句子，再把這些句子串聯起來，即可成為一篇文章。以下每一張圖會列舉出兩組以上都對應到圖片的句子。

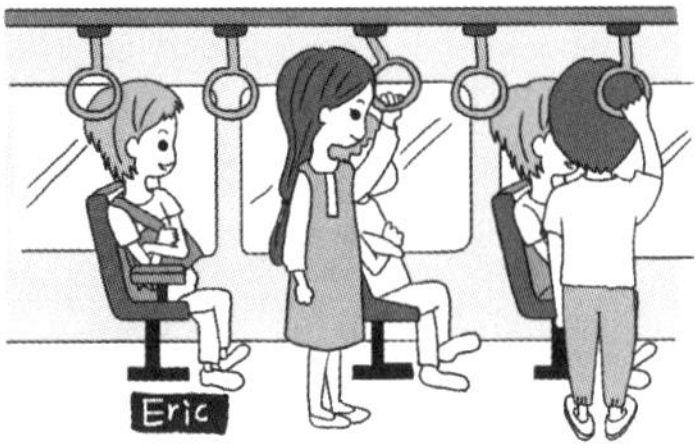

圖一：根據此圖可知，場景是在公車上，Eric 坐在座位上，有一些人沒座位坐。根據題目文字的提示也知，Eric 要去上學。可聯想的表達有：搭公車 take a bus, 在公車上 on the bus, 座位 the seat, 座位是坐滿的 all the seats are occupied / taken up, 去上學 to school 等等。

1. Eric took a bus to school today.
（Eric 今天搭了公車去學校。）
2. Eric went to school by bus today.
（Eric 今天搭公車去學校。）
3. The bus was full, and all the seats were taken up.
（公車裡面都是人，所有的位子都有人坐。）
4. The bus was crowded, and some people were not seated.
（公車裡面都是人，而且有些人沒有座位坐。）

圖二：根據此圖與題目提示可知，一位老太太上了車，手裡提著大包小包的，Eric 發現老太太沒座位坐，打算把自己的座位讓給這位老太太。可聯想的表達有：老太太 old lady, 上（公）車 get on the bus, 提著 carry, 很多東西 many things, 包包 bag, 發現 find, 找座位 look for seats, 打算 is about to, 讓位給 give one’s seat to 等等。

1. An old lady got on the bus.（一位老太太上了（公）車。）

2. She was carrying many bags.（她手裡提著大包小包的。）
3. Eric was about to give his seat to her.（Eric 當時準備把座位讓給她。）
4. Eric wanted to give his seat to her.（Eric 想要把座位讓給她。）

圖三：根據此圖可知，老太太是坐在 Eric 所讓出來的座位上，而 Eric 站在老太太旁邊。題目一開始的提示也提到「雖然 Eric 必須站著，但是他很開心他幫助了別人」。可聯想的單字或表達有：有座位坐的 be seated, 站著 stand, 雖然 although, 開心 happy, 幫助別人 help someone 等等。

1. The old lady was seated.（這位老太太有座位坐。）
2. Eric had to stand.（Eric 必須站著。）
3. Although Eric had to stand, he was happy that he helped someone.（雖然 Eric 必須站著，但他很開心他幫助了別人。）

高分策略

有許多動作要表達時，除了用好幾個句子來表示之外，也可以用關係代名詞、連接詞或介系詞等等來連接成一個句子。以下是原本的兩個句子：

An old lady got on the bus.（一位老太太上了公車。）
She was carrying many bags.（她手裡正提著大包小包的。）

我們也可以用 with，而不用動詞 carry，來讓兩句變一句：
An old lady **with many bags** got on the bus.
（一位有好幾袋東西的老太太上了公車。）

或是用關係代名詞 who 來做連接：
An old lady **who was carrying many bags** got on the bus.
（一位提著好幾袋東西的老太太上了公車。）

承上，關係代名詞（who）和 be 動詞也可以省略：
An old lady **carrying many bags** got on the bus.
（一位提著好幾袋東西的老太太上了公車。）

除了以上的表達之外，我們還能在這些關鍵句中加上一些讓文章更有連貫性、戲劇性的表達。針對第一張圖，我們還可用以下詞彙或句型來作為開場：
One day　有一天
As usual　跟平常一樣
Eric is [身分：如學生]　Eric 是～
→ Eric is a student.（Eric 是一名學生。）
Eric was at/on [地點]　Eric 當時在～
→ Eric was on the bus to school.（Eric 當時在前往學校的公車上。）

針對第二、三張圖，我們還可用以下詞彙或句型來作為語氣的連貫或轉折：
Then　然後
→ Then, an old lady got on the bus.（然後，一位老太太上了車。）
However　然而
→ An old lady got on the bus, and she was carrying many bags. However, all the seats were occupied.
（一個老太太上了公車，她手裡提著好幾袋東西。然而，所有的座位都有人坐了。）

參考範例

As usual, Eric took a bus to school today. The bus was full, and all the seats were occupied. Then, an old lady with many bags got on the bus. Eric found that she had no seat, so he gave her his seat. Although he had to stand, he was happy that he helped someone.（55 字）

範例中譯

就跟平時一樣，Eric 今天搭公車去上學。當時公車上坐滿了人，所有座位都有人坐。接著，一位手裡有好幾袋東西的老太太上了車。Eric 發現她沒有座位坐，所以就把自己的座位讓給這位老太太。雖然他必須站著，但很開心他幫助了別人。

確認動詞時態

基本上，三張圖所描述的事件都已經發生過了，所以每張圖的時態都用過去式。但如果要表現事實或習慣的話，可以用現在式。

1. Eric **took** a bus to school today.
   → 用 take 的過去式 took 來表示已經搭了（公車）。不過此篇文章也可以用 Eric **takes** a bus to school **every day**.來表示每天的習慣。

2. The bus **was** full, and all the seats **were** occupied / taken up.
   → 用 is, are 的過去式 was, were 來表示當時（公車上坐滿人）的狀態。如果用 The bus **is** full, and all the seats **are** occupied / taken up.則表達出一個事實，也就是說，公車上一直都是這樣坐滿人的狀態。

3. An old lady who **was carrying** many bags **got** on the bus.
   → 用 is 的過去式 was 以及現在分詞 carrying 來表示當時在進行中的動作（提著），用 get 的過去式 got 來表示已經上了公車。

4. Eric **gave** her his seat.
   → 用 give 的過去式 gave 來表示當時讓位的動作（讓了座位）。

5. Although he **had** to stand, he **was** happy that he **helped** someone.
   → 用 have to 的過去式 had to 來表示「當時必須做～」，用 is 的過去式 was 來表示當時開心的狀態。用 help 的過去式 helped 來表示已經幫助了別人。

文法&句型補充

1. take a + [交通工具] + to + 地方　搭 [交通工具] 到某處
   take the MRT to + 地方　搭捷運到某處

   Eric **took a** bus **to** school.
   Eric 搭了公車到學校。

   Eric **took the** MR **to** school.
   Eric 搭了捷運到學校。

2. go to + 地方 + by + [交通工具]　搭 [交通工具] 到某處

Eric **went to** school **by** bus.

Eric 搭公車去學校。

3. as usual　一如往常；跟平常一樣

Eric took a bus to school **as usual** today.

Eric 今天跟平時一樣，搭公車去上學。

4. be taken up（被動語態的用法）　被佔用

All the seats **were taken up**.

所有的座位都被佔用了；所有的座位都坐滿了人。

5. 主詞 + who + V...（形容詞子句的用法）　做～的（主詞）

An old lady **who** was carrying many bags...

一位手裡正提著好幾袋東西的老太太…

6. get on　上車

An old lady who was carrying many bags **got on** the bus.

一位手裡正提著好幾袋東西的老太太上了公車。

7. Although（後面不需要加 but）　雖然

Although he had to stand, he was happy.

雖然他必須站著，但他很開心幫助了別人。

8. He was happy + that + S + V（名詞子句的用法）　他很開心～

He was happy that he helped someone.

他很開心他幫助了別人。

第6回 複試 口說測驗 解析

TEST06_Ans.mp3

第一部分 複誦

共五題。題目不印在試卷上，由耳機播出，每題播出兩次，兩次之間大約有一至二秒的間隔。聽完兩次後，請馬上複誦一次。

1 Where's everyone?

大家都到哪去了？

高分解析

1. 分段記憶：在朗誦時，由於看不到題目，只能憑聽到的記憶再唸出來，因此在聽的時候最好是一段一段的記憶，免得一字一字記憶時只會記得前面而忘記後面，一開始會聽到題號，接著才是複誦內容。本句聽取時可按以下的方式分段記憶：

   Where's everyone?（此句不需分段，直接整句記憶）

2. 耳聽注意事項：

   (1) 因為聽到的句子很短，所以更要特別注意，尤其又是疑問句，要注意到疑問詞是 where（哪裡），同時理解句意是什麼意思，才有助於記憶。

   (2) 此句的動詞是 's，為 be 動詞，因為可能唸得很小聲，所要特別注意。

3. 複誦注意事項：

   語調：記得模仿說話者的聲調和口氣。這是疑問詞疑問句，一般來說語調會下降，而非上揚。

2 Finish your breakfast quickly, will you?

趕快吃完你的早餐，好嗎？

高分解析

1. 分段記憶：本句聽取時可按以下的方式分段記憶：

   Finish your breakfast quickly, | will you?

2. 耳聽注意事項：

(1)此為一般祈使句，也就是命令式的句子，所以一開始聽到的是動詞 Finish，而非主詞，要注意。

(2)要注意聽到後面的附加問句 will you，一般來說會連音，所以會聽到的是 [wɪlju]，就像是一個單字一樣很快地就唸過去了。

3. 複誦注意事項：

音節：為了不讓發音聽起來卡卡的，不要把原本是兩個音節的 quickly 唸成三個音節，quickly 的 k 輕聲帶過即可。

口氣：要注意聽到後面附加問句 will you 的口氣，因為此句是祈使句，所以句尾的 you 可能會加重音，複誦時也要跟著加重。

3 Oh no. We are running out of gas.

不會吧，我們快沒有瓦斯／汽油了。

高分解析

1. 分段記憶：本句聽取時可按以下的方式分段記憶：

Oh no. | We are running out of | gas.

2. 耳聽注意事項：

(1)run out of 為動詞片語，介系詞 out of 會連在一起發音，聽起來就像是 [aʊtəv]。

(2)要注意聽到句尾的 gas。聽到 running out of 之後，就要知道後面是名詞，也就是快用完的東西。

3. 複誦注意事項：

語氣：請根據說話者的說話方式，試著模仿其驚訝或擔心的語氣。

重音：要注意聽重音位置，並跟著強調，此句的重音位置最有可能是 no 和 gas。

4 It might snow in the mountains.

山上可能會下雪。

高分解析

1. 分段記憶：本句聽取時可按以下的方式分段記憶：

   It might snow | in the mountains.

2. 耳聽注意事項：

   (1) 要注意到一開始的主詞為 it，聽起來會很小聲，要注意。

   (2) might 為助動詞 may 的過去式，表示「有可能會…」，字尾的 [t] 音會唸得很小聲，要注意不要聽成 mike 或 mine 了。

3. 複誦注意事項：

   重音：請根據說話者的說話方式，試著模仿其重音。一般來說，重音位置應為 snow 和 mountains。

   發音：句中有兩個單字字尾的 [t] 音，不需要特別強調，輕輕帶過即可。句尾的 mountains 雖然音標是 [ˋmaʊntn̩z]，但許多美國人唸的時候，會把 [t] 音完全省略，留下 [n̩] 音。所以務必聽說話者的唸法。

5 Working part-time is a good experience.

兼職工作是一個不錯的經驗。

高分解析

1. 分段記憶：本句聽取時可按以下的方式分段記憶：

   Working part-time | is a good experience.

2. 耳聽注意事項：

   (1) 要注意到一開始的主詞 Working part-time 有點長，用動名詞 V-ing 來作為此句主詞，要注意。

   (2) 同時也要注意到動詞是 is，可能會跟後面的 a 連音唸成 [ɪzə]。

3. 複誦注意事項：

   發音：若沒學過 experience 這個單字，可盡量記住子音，並模仿聽到的音節 [ks]、[pɪ]、[rɪən]、[s]。

連音：唸到動詞 is 時，可以跟後面的 a 連音唸成 [ɪzə]，a 的 [ə] 音不需太過強調。

▶▶▶ 第二部分 朗讀句子與短文

共有五個句子及一篇短文，請先利用一分鐘的時間閱讀試卷上的句子與短文，然後在一分鐘內以正常的速度，清楚正確的朗讀一遍。閱讀時請不要發出聲音。

1 Respect others and you can get along well with anyone.

尊重他人，跟任何人你都能相處得很好。

高分解析

1. 朗讀句子與短文時，考生只會看到英文文字，無法像「複誦」一樣聽到音檔，所以無法照樣模仿，得自己想像句子該怎麼唸，因此句子該如何斷句、哪幾個單字必須強調、語調的高低都要在唸的時候先考慮好。以下幫各位讀者將斷句、強調單字及語調標示出來。

2. 本句的斷句（以 | 表示），強調單字（以粗體字及底線表示）及語調（↗表上升，↘表下降）如下：
   <u>Respect</u> others | and you can **<u>get along well</u>** | with anyone.↘

3. 請注意此句的連音：Respect others 要連音唸成 [rɪ`spɛk tʌðɚz]，get along 要唸成 [gɛ tə`lɔŋ]，with anyone 要唸成 [wɪ ðɛnɪˏwʌn]。

4. 切勿把 along [ə`lɔŋ] 唸成 alone [ə`lon]，請注意母音 o 的發音差異，以及鼻音部分的差異。

| 單字 | **respect** [rɪ`spɛk] 尊重 / **along** [ə`lɔŋ] 沿著 / **get along well** 相處地很好

2 Traveling is a great way to relax and gain knowledge.

旅行是一個放鬆和增廣見聞的好方法。

高分解析

1. 本句的斷句（以｜表示），強調單字（以粗體字及底線表示）及語調（⬀表上升，⬂表下降）如下：
   Traveling is a great way to **relax** | and gain **knowledge**.⬂
2. 請注意此句的連音：is a 要唸成 [ɪzə]，通常不需要特別強調冠詞 a。
3. 跟許多 re 開頭的動詞一樣，relax 的重音會落在第二音節 [rɪ`læks]。re 開頭的動詞有 repeat（重複）、return（回到；歸還）、remind（提醒）。

| 單字 | **traveling** [`trævəlɪŋ] 旅行 / **relax** [rɪ`læks] 放鬆 / **gain** [gen] 獲得 / **knowledge** [`nalɪdʒ] 知識

3 Could you please give me another chance?

可以麻煩您再給我一次機會嗎？

高分解析

1. 本句的斷句（以｜表示），強調單字（以粗體字及底線表示）及語調（⬀表上升，⬂表下降）如下：
   Could you **please** give me another **chance**?⬀
2. 唸 Could you 時要盡量連音唸成 [kutʃju]。
3. 唸 give me 時，[v] 音不用太刻意強調，輕輕帶過即可，外國人在說話時，聽起來就像是 [gɪ mi]，中間像是稍作停頓一樣。
4. chance（機會）的唸法，美式發音是 [tʃæns]，而英式發音為 [tʃɑns]，但不要唸成「槍鼠」了。

4 Nowadays, teenagers do not like to be told what to do.

如今，青少年不喜歡被人家說他應該要做什麼。

高分解析

1. 本句的斷句（以 | 表示），強調單字（以粗體字及底線表示）及語調（⬀表上升，⬂表下降）如下：
   Nowadays, | **teenagers do not** like to be told | **what** to do.⬂
2. teenager（青少年）唸作 [ˋtinˏedʒɚ]，有三個音節，重音落在第一音節（就如同 elephant 一樣重音在第一音節），若重音的位置念錯，發音會變得不標準。
3. 唸 like to 和 what to do 的 to 時，不需要刻意強調而唸成像是 two [tu] 的發音。另外在唸 what to 時，為了連音，通常是唸成 [hwɑ tə]，what 的 [t] 音幾乎聽不到，因為兩個 [t] 音的發音位置相同，以至於連音時會保留 to 的 [t] 音。

| 單字 | **nowadays** [ˋnaʊəˏdez] 現今，現在 / **teenager** [ˋtinˏedʒɚ] 青少年

5 Many people were hurt in that terrible accident.

很多人在那起嚴重的意外中受傷。

高分解析

1. 本句的斷句（以 | 表示），強調單字（以粗體字及底線表示）及語調（⬀表上升，⬂表下降）如下：
   Many people were **hurt** | in that terrible **accident**.⬂
2. 唸 were 時要唸得像是 [wɚ]，而非 [wɛr]，以免唸成 wear（穿）了。
3. 在唸 that terrible 時，為了連音，通常是唸成 [ðæ ˋtɛrəbəl]，that 字尾的 [t] 幾乎聽不到，因為和 terrible 字首的 [t] 音發音位置相同，以至於連音時會保留第二個 [t] 音。
4. accident [ˋæksədənt] 的第一個 c 發 [k] 音，第二個 c 發 [s] 音。

| 單字 | **hurt** [hɝt] 受傷 / **terrible** [tɛrəbəl] 嚴重的，可怕的 / **accident** [`æksədənt] 意外

6

Once upon a time, there was a pretty girl named Cinderella. She was sad because she was not allowed to attend the prince's party. A fairy appeared and made Cinderella's wish come true. She went to the party and danced with the handsome prince. They lived happily ever after.

很久很久以前，有一位漂亮的女孩名叫 Cinderella。她很難過，因為她不被允許參加王子的派對。一個仙女出現，讓她的願望成真。她到了派對現場，並和英俊的王子跳舞。從此以後，她們過著幸福快樂的日子。

高分解析

1. 本句的斷句（以｜表示），強調單字（以粗體字及底線表示）及語調（⬀表上升，⬂表下降）如下：

   Once upon⬀ a time, | there was a pretty **girl**⬀ | named Cinderella.⬂ | She was **sad** | because she was **not allowed** | to attend the prince's **party**.⬂ | A **fairy** appeared | and made Cinderella's wish **come true**.⬂ | She went to the **party** | and **danced**⬀ with the handsome **prince**. ⬂ | They lived **happily**⬀ ever after. ⬂

2. 一般外國人在唸 pretty [`prɪtɪ] 時，中間的 [t] 音會唸得有點像是 [d]，這是無聲子音 [t] 出現在重音與非重音的兩母音之間時產生的效果。party 的 [t] 音也是一樣的效果。

3. Cinderella 通常翻作「灰姑娘」或是「仙杜瑞拉」，不過在唸的時候請拋開中文的發音，要唸成 [ˏsɪndə`rɛlə]，重音在第三音節。

4. 要記住 attend 的發音方式其實蠻簡單的，我們可以把它拆開來看，分成 a-tten-d。開頭的 a 一般唸 [ə] 的音，把 tten 想成是 ten（數字十），所以唸作 [tɛn]，字尾的 d 就唸成 [d]，合起來就是 [ə`tɛnd]，重音在第二音節。

5. prince's 為 prince [prɪns] 的所有格，表示「王子的」，唸作 [prɪnsɪs]，ce 的

[s] 音和 ’s 的 [s] 音因為同樣都是 [s] 音，需要有母音在中間連接，所以中間要插入母音 [ɪ]。至於 Cinderella’s，因為 ’s 前面就是母音 [ə] 了，所以中間不需要再插入其他母音，直接唸 [ˌsɪndəˋrɛləs]。

6. 唸 went to 時，為了連音，通常唸成 [wen tu]，went 字尾的 [t] 幾乎聽不到，因為兩個 [t] 音的發音位置相同，以致於連音時會保留第二個 [t] 音。

| 單字 | **once upon a time** 從前，古時候 / **pretty** [ˋprɪtɪ] 漂亮的 / **allow** [əˋlaʊ] 允許 / **attend** [əˋtɛnd] 參加，出席 / **fairy** [ˋfɛrɪ] 仙女 / **appear** [əˋpɪr] 出現 / **wish** [wɪʃ] 願望 / **come true** 成真，實現 / **handsome** [ˋhænsəm] 英俊的 / **ever after** 從此以後

第三部分 回答問題

共七題。題目不印在試卷上，由耳機播出，每題播出兩次，兩次之間大約有一至二秒的間隔。聽完兩次後，請馬上回答，每題回答時間為 15 秒，回答時不一定要用完整的句子，但請在作答時間內儘量的表達。

1 What is your favorite hobby?

你最喜歡的嗜好是什麼？

答題策略

1. 聽到 What ~ favorite hobby 可知，主要是問嗜好。除了說明是什麼樣的嗜好之外，如運動等等，也可以補充說明平時花多少時間進行此嗜好，以及是否會跟其他人一起進行。

2. 靜態或動態的嗜好都可以，並解釋這個嗜好的好處。

回答範例 1

My favorite hobby is playing basketball. I play it with my friends after school. We play almost every day, even on Sunday mornings.

我最喜歡的嗜好是打籃球。我放學後都跟朋友一起打。我們幾乎每天都打，即使是星期天的早上。

回答範例 2

Reading novels is my favorite hobby. I usually read novels on my cell phone for free, so I don't have to buy any novel. It helps me learn more words.

看小說是我得最喜歡的嗜好。我通常在手機上免費看小說，所以不需要花錢買。這幫助我學習更多詞彙。

重點補充

如果真的不知道要舉什麼例子，也可以說大部分時間都在用功讀書，因為每天都有考試，頂多有時間的話會看電視。

My favorite hobby? I don't think I have one. I have tests at school every day, so I have to study hard. I don't have any hobby. I watch TV sometimes. Is that a hobby?

我最喜歡的嗜好？我不認為我有什麼嗜好。我每天在學校都要考試，所以我都得用功讀書。我沒有任何嗜好。我有時候會看電視。這是嗜好嗎？

2 Do you have trouble sleeping at night?
你晚上會有睡不著覺方面的問題嗎？

答題策略

1. 聽到 Do you ~ trouble sleeping ~ night 可知，主要是問是否會有晚上睡不著覺的問題。選擇回答有的話，可以提到失眠的原因，例如燈光、噪音、煩惱等等。

2. 假如你跟老師我一樣沒有這類問題，總是一覺到天明，可以提出一些建議。

回答範例 1

I can't sleep when it is noisy. Sometimes my neighbors talk and laugh loudly, so I can't sleep. Sometimes I don't sleep well when there is a test the next day.

當很吵時我就會無法入睡。有時候，我的鄰居講話很大聲、笑很大聲，所以我就會睡不著。有時候，隔天因為有測驗，我也會睡不好。

回答範例2

I usually fall asleep less than five minutes after I lie on the bed. Try not to drink water before you sleep. Make sure the room is dark and the bed is comfortable.

我通常躺在床上不到五分鐘就睡著了。睡前盡量不要喝水。確保房間是暗的，不要有光，床要舒適。

3 What can you do to help protect the earth?
你可以做什麼來保護地球？

答題策略

1. 聽到 What ~ do ~ protect the earth 可知，主要是問保護地球的方法。如果不知道節能減碳的英文怎麼說，就不要勉強亂說。以小老百姓的角度來思考，提出類似減少垃圾量、自備購物袋或垃圾分類等等你會的表達。
2. 如果沒什麼想法，就直接說「地球只有一個，我們要愛護地球」之類的內容。

回答範例1

There are many things I can do. I use a shopping bag, so I don't need to use plastic bags. I recycle things that can be used again.

有很多事情是我可以做的。我用購物袋，這樣就不需要用塑膠袋。我會回收一些可再利用的東西。

回答範例2

I can take the bus or MRT to school. Cars and scooters cause air pollution. There is only one earth. We must protect it.

我可以搭公車或捷運去學校。車子和機車造成空氣汙染。地球只有一個。我們必須保護它。

重點補充

如果單字不夠多，也沒什麼想法，也可以舉出一些課本上學過的汙染，來說明哪些事件是破壞地球的，並提到政府應該要有所動作來保護地球。

The air pollution, water pollution, plastic pollution, and the global warming. They are all bad to the earth. The government should do something about them.

空氣污染、水污染、塑膠污染和全球變暖，它們對地球來說都是不好的。政府應該要做一點事情來改善這些狀況。

4 Which country do you love the most? Why?
哪一個國家是你最喜愛的？為什麼？

答題策略

1. 聽到 Which country ~ love the most 可知，主要是問喜愛的國家。像是這類關於「喜愛」的題目，最好在考試前先想好口袋名單，這樣在考試中就能對答如流。
2. 除了說明是哪一個國家，也提出理由以及是否會想去該國家旅遊。

回答範例1

I love Japan. It is very clean and beautiful there. The people there are polite. My mom says it is cheaper now if we buy things in Japan.

我愛日本。那裡很乾淨也很漂亮。那裡的人很有禮貌。我媽媽說現在去日本買東西會比較便宜。

回答範例2

I love England. I read a lot about this country. The history, culture, streets, buildings, and people in this country are interesting to me. And, I want to see London with my own eyes.

我愛英國。我讀過很多關於這個國家的事物，它的歷史、文化、街道、建築與人都讓我感到興趣。而且我想要親眼看看倫敦。

重點補充

如果對國外沒有什麼憧憬也不是很了解，可以談談自己的國家，台灣。

Taiwan is my favorite country. Food is yummy. People are nice. And, everything here is convenient. I love night markets here.

台灣是我最喜歡的國家。食物好吃，人都很好，而且一切都很方便。我愛這裡的夜市。

5 When was the last time you went to see a doctor?

你上次去看醫生是什麼時候？

答題策略

1. 聽到 When ~ you ~ see a doctor 可知，主要是問何時去看醫生的。如果你在診所的經驗不愉快，可以如實說明，例如過程很痛、不舒服。

2. 當然，去看醫生大都是感冒，可以如實說明。另外，你也可以說那裡的護士很有禮貌、等待的時間很久之類的經驗。

回答範例1

I can't remember the date. It was about a year ago. It was a terrible experience. I had a headache, and it hurt a lot, so I went to see the doctor.

我不記得日期了。大約在一年前吧。是個可怕的經驗。我當時頭痛，而且痛得很厲害，所以就去看醫生了。

回答範例 2

Last month, I went to see a doctor. I caught a cold. Many people caught a cold at that time and went to see the doctor, so it took me a long time to wait. The nurses there are nice and polite.

我上個月去看醫生。我感冒了。很多人在那個時候都感冒，都去看醫生，所以花了我很長的時間等待。那裡的護士人都很好，很有禮貌。

重點補充

如果不曾生病，沒看過醫生，也可以照實回答沒有這樣的經驗，也可以把你所知道的醫院診所印象說出來。

I have never seen a doctor. People go to see a doctor when they feel ill or catch a cold. I am healthy and strong so I don't need to see a doctor.

我從來沒有看過醫生。人們會去看醫生，是當他們生病或感冒時。我很健康、強壯，所以我並不需要看醫生。

6 You just bought some food but the vendor forgot to give you the change. Ask him for it.

你剛買了一些食物，但攤販老闆忘了找你錢。試著向他要。

答題策略

1. 聽到 You ~ bought ~ food ~ vendor forgot ~ change. Ask ~.可 知，主要是要你假設一個買東西、老闆卻忘了找錢的情境，並考你要怎麼反應。先稱呼對方一聲老闆或先生／小姐，然後說「我給你多少，你應該找我多少」的內容。
2. 也可以提到先確認一下所購買的金額，再解釋老闆忘了找錢。

回答範例 1

Excuse me, Sir. I know you are busy. I gave you a thousand dollars.

You should return me four hundred in change. I didn't get it.

先生，抱歉。我知道你很忙。我給了你一千元，你應該找我四百。我還沒拿到。

回答範例 2

Hey, boss. How much is this again? Four hundred? But I gave you five hundred dollars. Did you forget to give me the change?

老闆。我再確認一下這是多少錢？四百？但是我給你五百。你是不是忘了找我錢？

重點補充

如果你的單字量不夠多，也沒有這樣的經驗，不知怎麼想像此場景，就直接把老闆需要找你的金額說出來，想像你現在就在攤販前面，正在跟攤販老闆對話。

This bread is forty dollars. I gave you fifty dollars, so please return ten dollars to me. Thank you.

這個麵包四十元，我給了你五十元，所以請找我十元，謝謝。

7 A man called and asked to talk with your dad or mom, but both of them are not home. What will you say to the man?

一位男士打電話來要跟你的爸爸或媽媽說話，但他們都不在家。你會跟這位男士說什麼？

答題策略

1. 聽到 man called ~ talk with ~ dad or mom, but ~ them ~ not home. What ~ you say 可知，主要是要你假設一個有人打電話來要找你爸媽、但他們都不在家的情境，並考你要怎麼反應。這題的答案也可以利用辦公室情境的句型，先向對方說要找的人不在，提到爸媽大概幾點會回來，並問對方是否要留言或稍後再撥之類的。

2. 也可假設自己真的在電話中的樣子，對著麥克風自言自語，表示在電話中對方在向你交代什麼事情，而你正在重複他所交代的。

回答範例 1

My father and mother are not home. They will be back about 10 o'clock. Would you like to leave a message or call back later?

我爸媽都不在家。他們 10 點左右才會回來。你要留言還是稍後再撥呢？

回答範例 2

My father or mother? Well, they are not home. Ask them to call Mr. Wang… About the lights…? OK, I got that down. Anything else? OK. Bye.

我爸媽？嗯，他們都不在。請他們打電話給王先生…，關於燈光的事…。好的，我寫下來了。還有其他的事嗎？好的，再見。

重點補充

題目有點長，但如果沒聽到 called and asked to，並不知道是要你假設電話情境，只知道説有人要找你爸媽，但他們都不在，問你該怎麼辦時，就直接重複題目文字，提到爸媽不在家，再請對方留言、留電話之類的，再請爸媽打電話給他。

If a man wants to talk with my dad or mom, but they are not home, I will ask him to leave some messages or his phone number, and I will tell my dad or mom to call the man.

如果有一位男士想找我爸媽，但他們又不在家，我會請他留言或請他留下他的電話號碼，我會告訴我爸媽打電話給這位男士。

學習筆記欄

台灣廣廈國際出版集團
Taiwan Mansion International Group

國家圖書館出版品預行編目（CIP）資料

NEW GEPT全新全民英檢初級寫作&口說題庫解析/國際語言中心委員會,
郭文興,許秀芬著. -- 初版. -- 新北市：國際學村, 2021.08
面； 公分
ISBN 978-986-454-162-1
1.英語 2.讀本

805.1892 110009063

國際學村

NEW GEPT全新全民英檢初級寫作&口說題庫解析【新制修訂版】

作　　者／國際語言中心委員會、郭文興、許秀芬
編輯中心編輯長／伍峻宏・**編輯**／古竣元
封面設計／何偉凱・**內頁排版**／菩薩蠻數位文化有限公司
製版・印刷・裝訂／東豪・弼聖／紘億・秉成

行企研發中心總監／陳冠蒨
媒體公關組／陳柔彣
綜合業務組／何欣穎

發 行 人／江媛珍
法律顧問／第一國際法律事務所 余淑杏律師・北辰著作權事務所 蕭雄淋律師
出　　版／國際學村
發　　行／台灣廣廈有聲圖書有限公司
地址：新北市235中和區中山路二段359巷7號2樓
電話：（886）2-2225-5777・傳真：（886）2-2225-8052

代理印務・全球總經銷／知遠文化事業有限公司
地址：新北市222深坑區北深路三段155巷25號5樓
電話：（886）2-2664-8800・傳真：（886）2-2664-8801
郵政劃撥／劃撥帳號：18836722
劃撥戶名：知遠文化事業有限公司（※單次購書金額未滿1000元需另付郵資70元。）

■出版日期：2021年08月
2024年04月9刷
ISBN：978-986-454-162-1